N.H. KLEINBAUM

D.A.R.Y.L.

**TRADUIT DE L'AMÉRICAIN
PAR JEANNE V. SANDROIS**

LE LIVRE DE POCHE

D'après un scénario de
David Ambrose & Allan Scott et Jeffrey Ellis

Publié par Pacer Books, une division de Putnam Young Readers Group.

CHAPITRE PREMIER

Majestueux, les sommets couverts de neige réduisaient à des dimensions dérisoires la Buick rouge qui fonçait sur la route sinueuse. Tout était tranquille. Seul le bruit de la voiture, qui zigzaguait et prenait les virages à un train d'enfer, s'entendait dans le silence.

A l'arrière, agrippé à son siège, un garçon d'une dizaine d'années contemplait par la vitre la chaîne des Appalaches qui se découpait dans le ciel gris hivernal. « Elles doivent être là de toute éternité », songea-t-il. Il se cala encore plus profondément sur sa banquette et posa sur le conducteur un regard attentif et pénétrant.

Mulligan négocia un virage en épingle à cheveux et retint son souffle quand la voiture frôla le bord du précipice. Le danger passé, il tourna brièvement la tête vers son jeune passager.

« Jusqu'ici tout va bien, Daryl », dit-il avec un vague sourire qui dissimulait mal son angoisse.

Il avait l'impression que la peur du garçon faisait écho à la sienne. Daryl, qui le fixait intensément de ses grands yeux, ne répondit pas. C'était un gosse de dix ans, tout à fait normal pour son âge, avec des cheveux châtains, des traits pleins et réguliers, un air pensif et intelligent.

Les arbres en bordure de la route paraissaient se rapprocher dangereusement d'eux, car Mulligan poussait à fond sur l'accélérateur. La vitesse accentuait encore la tension qui régnait dans la voiture. Les pneus effleuraient à peine l'asphalte. Et tout à coup, au sommet d'une côte, la voiture décolla des quatre roues.

A quelque distance de là, dans les bois, Mattie et Mabel Bergen remontaient dans leur vieille camionnette après une bonne journée de chasse, fatigués et impatients de rentrer chez eux. Mabel s'adossa à son siège pendant que Mattie desserrait le frein à main et laissait son véhicule descendre la pente en bringuebalant. Ayant pris de l'élan, il mit en prise mais, juste avant que le moteur ne redémarrât bruyamment, il entendit le vrombissement tout proche d'une voiture.

En débouchant sur la route, il aperçut à une centaine de mètres la Buick rouge qui arrivait à toute allure vers eux.

« Oh ! mon Dieu ! s'écria Mabel. Il vient sur nous ! »

Mattie donna un coup de volant et se jeta vers le bas-côté. Mabel se cacha le visage dans les mains. La voiture passa en trombe et disparut au tournant. Soudain, un bruit assourdissant éclata dans ce paisible paysage.

« Seigneur ! gémit Mabel. Qu'est-ce que c'est que ça ? »

Un hélicoptère avait surgi derrière la montagne et piquait, tel une gigantesque libellule, dans la direction prise par la Buick.

Mulligan et Daryl ne quittaient pas des yeux la route qui semblait s'étendre à l'infini. Soudain ils se trouvèrent face à un éboulis de grosses pierres. Poussées en travers de la chaussée, elles barraient un précipice qui s'était ouvert à la suite d'un glissement de terrain. La Buick heurta ce mur de pierres avec une telle violence qu'elle ricocha littéralement comme un caillou sur l'eau, et chuta dans le vide. Elle alla s'écraser deux cents mètres plus bas dans une gerbe de flammes et, réduite à une boule de feu, s'immobilisa au bord d'un surplomb, menaçant de poursuivre sa chute jusqu'au torrent qui tourbillonnait au fond du ravin.

Bergen et sa femme regardaient bouche bée dans la direction où l'explosion s'était produite.

« Il faudrait peut-être aller voir... », murmura Mabel, effarée.

Ils remontaient dans la camionnette pour se rapprocher du lieu de l'accident, quand ils entendirent quelque chose qui ressemblait à une plainte. Mabel Bergen redescendit à la hâte du véhicule et se mit à fouiller frénétiquement les buissons. Elle avait l'impression qu'un enfant appelait au secours. Son mari mit le frein à main, descendit à son tour, et la suivit dans le sous-bois.

Soudain, Mabel repéra Daryl, couvert de cendres, la figure toute noire, qui rampait sur le sol. Terrifié, celui-ci tressaillit quand Mabel s'approcha de lui.

« Ne crains rien, petit. Ça va aller maintenant, dit-elle en s'efforçant de le rassurer par un sourire. Mabel est là, fiston. Nous allons nous occuper de toi. »

Hébété, Daryl ne bougea pas, ne broncha pas. Brusquement, le vieux Bergen apparut, et son visage aux yeux perçants et aux joues mal rasées effraya l'enfant encore davantage.

« Doucement, Mattie, dit la vieille dame. Il a très peur... »

Surprise de voir que Daryl se laissait aller avec confiance dans ses bras, elle le berça avec tendresse.

« On dirait Amos quand il était petit... Si on le gardait avec nous ?

— On ne peut pas garder un enfant comme ça, juste parce qu'on l'a trouvé, répondit Bergen, frappé de voir que sa femme était illuminée d'une joie qui semblait l'avoir fuie depuis longtemps.

— Peut-être. Mais il faut quand même le remettre d'abord sur pieds... »

Tandis que les Bergen regagnaient leur camionnette avec Daryl, la voiture en flammes bascula dans le vide, emportant Mulligan dans sa chute. Elle alla se briser sur les rochers qui jonchaient le lit du torrent, et ses débris furent rapidement entraînés par le courant.

L'hélicoptère continuait de tournoyer au-dessus du ravin. Des hommes, au regard impénétrable derrière les verres fumés de leurs lunettes, scrutaient intensément le lieu de l'accident comme s'ils essayaient de repérer une épave, ou les passagers du véhicule disparu.

En route vers la camionnette, Mrs. Bergen s'arrêta, s'accroupit à côté de l'enfant silencieux et grave qui n'avait pas versé une larme, et posa ses vieilles mains noueuses sur ses épaules.

« Comment t'appelles-tu, mon garçon ? demanda-t-elle.

— Daryl.

— Et que faisais-tu par ici ?

— Je ne sais pas... »

Ils montèrent tous les trois à l'avant de la camionnette et Daryl se retrouva assis entre ces deux étrangers qui lui avaient porté secours. Le vieux démarra, ils sortirent du bois et se dirigèrent vers la grand-route.

CHAPITRE II

Mr. BERGEN fit entrer Daryl dans leur pauvre petit salon. Il avait les yeux cernés et ses cheveux paraissaient encore plus blancs que d'habitude. Parler n'avait jamais été son fort, mais il se lança tout de même dans ce qui pour lui était un long discours.

« Je n'arrive pas à me faire à l'idée qu'elle est morte, confia-t-il à Daryl, qui vivait avec le couple depuis quelque temps. C'est cette saleté de microbe qui l'a emportée ! Le docteur m'avait bien dit qu'elle n'avait pas le cœur très solide, mais... »

Une larme traça un sillon brillant sur son visage ridé.

« L'ennui, c'est que je ne vais plus pouvoir te garder, tu comprends ? reprit-il, les yeux fixés sur le petit garçon au visage triste. Mais ne t'inquiète pas, on te trouvera un endroit où tu seras bien. »

Daryl le regarda sans rien dire. Qu'aurait-il bien pu lui répondre ?

Bergen et Daryl se rendirent avec la vieille camionnette à Gartonville. Ils n'avaient pas échangé un seul mot quand le véhicule s'arrêta en grinçant dans la rue principale, le long du trottoir.

« Attends-moi ici », dit Bergen.

Il se dirigea d'un pas pesant vers le bâtiment de la mairie et remonta son pantalon avant d'entrer. Puis il regarda autour de lui, mal à l'aise, ne sachant à qui s'adresser.

« Vous désirez ? lui demanda Mrs. Gough, la préposée à la réception.

— Je voudrais signaler un décès...

— C'est ici, dit-elle en tirant un registre d'une étagère et en l'ouvrant sur le bureau devant elle. Il s'agit d'un parent ?

— Ma femme, répondit simplement Bergen.

— Quand est-elle décédée ?

— Oh ! il y a deux ou trois semaines, dit-il, évasif. Mais c'est à cause du gosse... il faut que je m'en occupe... vous comprenez ?

— Et qui a fait le constat de décès ?

— Qui a fait quoi ? » demanda Bergen.

Daryl sauta de la camionnette et traversa la rue pour regarder des enfants qui jouaient au basket dans une petite cour entourée d'un grillage. Une dispute ayant éclaté parmi les joueurs, l'un des garçons, apercevant Daryl, l'apostropha.

« T'es témoin, hein ?

— Pardon ? fit Daryl, décontenancé.

— Y'a eu faute, ou y'a pas eu faute ?

— Euh... je ne sais pas..., bredouilla Daryl.

— Alors, comme ça, tu ne sais rien ! » fit un autre garçon qui n'en croyait pas ses oreilles.

Devant ces huit visages en colère, Daryl recula prudemment de quelques pas. Puis, faisant brusquement demi-tour, il courut se réfugier dans la camionnette et verrouilla les portières. Les gosses le regardaient faire, stupéfaits.

« Bizarre, commenta l'un d'eux en secouant la tête.

— Tu l'as dit », approuva son camarade en reprenant la partie.

Mr. Bergen sortit de la mairie et fit signe à Daryl de le rejoindre.

« La dame, ici, a arrangé quelque chose pour toi dans une maison d'enfants, dit-il doucement. Ils s'occuperont de toi beaucoup mieux que moi. Désolé, petit. Maintenant, va voir la gentille dame qui est là-bas », ajouta-t-il en lui indiquant la direction.

Puis il tendit à Daryl une main calleuse que celui-ci serra avec gravité. Bergen lui caressa encore affectueusement la joue.

« Allez, sois un bon garçon, et que Dieu te garde. »

Cela dit, il remonta dans sa camionnette et, quelques instants plus tard, il avait disparu.

CHAPITRE III

« PEUX-TU lire les lettres qui sont sur ce tableau ? »
lui demanda le médecin du centre de Barkenton.

Daryl jeta un coup d'œil au tableau accroché
derrière la porte puis, se tournant aussitôt vers le
médecin, récita :

« Q, Z, R, T, U, S, F, E, J, K, C, W, Y, M, G, T, R,
U, P, A, V, B. »

Le praticien regarda tour à tour le tableau puis le
garçon et, stupéfait, demanda à Daryl de recommencer. Comme celui-ci répétait encore une fois
les lettres de la même façon, le médecin l'arrêta et
alla s'asseoir derrière un bureau encombré de
papiers. Il prit une ordonnance et, songeur, regarda
par la fenêtre. Puis il se mit à écrire en jetant de
temps à autre un coup d'œil à Daryl, les sourcils
froncés.

L'examen médical terminé, Daryl fut conduit
auprès du directeur de l'établissement, Mr. Howie
Fox.

« Heureux de faire ta connaissance, Daryl. Et
bienvenue à bord ! »

Howie l'entraîna dans la cour où un groupe d'enfants jouaient au volley-ball. Une jeune femme
s'approcha d'eux.

« Je te présente ma femme, Elaine, dit-il en souriant.

— Hello, Daryl, fit Elaine en lui ébouriffant les cheveux.

— Hello, Elaine. Heureux de faire votre connaissance », répondit Daryl, poliment.

Howie l'emmena ensuite dans son bureau situé à l'autre extrémité du campus.

« Une chose est sûre, Daryl, dit Howie qui cherchait à le rassurer. Quelqu'un, quelque part, est à ta recherche. Tôt ou tard, il arrivera jusqu'à nous. »

Daryl leva vers lui un visage grave mais ne répondit pas.

« En attendant, nous allons faire tout notre possible pour te rendre la vie agréable. »

Un coup frappé à la porte les interrompit. Le médecin qui avait examiné Daryl entra et déposa un dossier sur le bureau.

« Physiquement, ce garçon est en parfaite santé, dit-il, mais il souffre d'amnésie partielle. Il ne se souvient ni de ses parents ni de sa maison, ni de rien en fait. A mon avis, cette perte de mémoire est plutôt d'ordre psychologique que fonctionnel. A part ça, son comportement est tout à fait normal. »

Après avoir feuilleté le dossier, Howie s'adressa à Daryl.

« Tu vas passer quelques jours ici, jusqu'à ce qu'une famille soit prête à t'accueillir. Et quand tes parents t'auront retrouvé, tu rentreras chez toi.

— Merci, répondit Daryl. C'est très aimable à vous de vous occuper de moi. »

Howie jeta un regard perplexe au médecin. Ils étaient tous les deux un peu ahuris de cette extraordinaire politesse.

Embarrassé, Howie haussa les épaules.

« Ma foi... nous sommes là pour ça... »

Howie gara sa voiture devant un vaste chantier en construction.

« Hé ! ça avance, on dirait, fit-il en souriant à Andy Richardson, avec un geste pour les énormes travaux en cours.

— Que veux-tu, il y a des gens qui sont obligés de travailler pour vivre. Pas comme certains que je connais..., répliqua Andy, qui ôta en riant son casque de protection et essuya la sueur de son front avec un mouchoir sale. Et ces vacances, ça s'est bien passé ?

— Très bien, répondit Howie qui s'empressa de changer de sujet. Écoute, Andy, je dois te parler. Ce n'est ni le moment ni l'endroit peut-être, mais... tu as une minute ? »

Andy monta en courant les marches du perron de sa maison. En poussant la porte, il faillit renverser la fillette qui s'apprêtait à sortir.

« Excuse-moi », dit-il, en passant rapidement devant elle.

Il trouva sa femme, Joyce, dans le salon.

« C'est la dernière ? » lui demanda-t-il.

Joyce donnait des leçons de piano.

« Oui, pourquoi ? répondit Joyce en l'embrassant.

— Howie est passé me voir au chantier pour me poser une question qui nous concerne tous les deux. Ils ont un enfant au centre. Un garçon de neuf, dix ans... »

Joyce le regarda, puis détourna les yeux.

« Ils cherchent une famille qui le prendrait en charge en attendant qu'on retrouve ses parents, continua Andy. Howie a pensé que nous pourrions peut-être...

— Ma foi, c'est bien pour cela que nous nous

14

sommes portés volontaires, n'est-ce pas ? dit Joyce d'une voix légèrement tremblante.

— Écoute, avant de prendre une décision, il faut que je te dise que ce gosse souffre d'une espèce d'amnésie. Alors, si tu n'es pas tout à fait sûre...

— Nous n'aurons jamais aucune chance d'adopter un enfant si nous ne commençons pas par en accueillir un, remarqua Joyce.

— Pour l'instant, tout ce qu'Howie nous demande, c'est de nous occuper de ce gosse pendant quelques jours.

— Bien sûr que nous allons nous occuper de lui ! » s'écria Joyce avec un grand sourire.

Elle retrouvait soudain l'espoir. Ses prières allaient peut-être enfin être exaucées ? Elle allait peut-être avoir enfin un enfant.

Joyce entendit la voiture d'Howie qui arrivait, elle entendit les portières claquer... Elle alla regarder par la fenêtre : Howie et un petit garçon aux cheveux châtains se dirigeaient vers la maison. Elle alla à leur rencontre, à la porte de la cuisine.

« Entre, entre, dit-elle en souriant à Daryl. Nous t'attendions. Nous sommes si heureux de te voir ici ! »

Joyce le fit asseoir à table, devant un verre de lait et une assiette de gâteaux secs.

« Comment t'appelles-tu ? demanda-t-elle, s'efforçant de briser la glace.

— Mon nom est Daryl. Je vous remercie pour les biscuits. Ils ont l'air délicieux. »

Joyce avait terriblement envie de le prendre dans ses bras, mais elle se retint. Il avait l'air si jeune, si vulnérable ! Elle craignait de le mettre mal à l'aise si elle manifestait trop d'empressement. Elle se contenta de lui poser affectueusement la main sur l'épaule.

« Nous sommes très heureux de t'avoir avec nous », répéta-t-elle.

Daryl posa son biscuit pour répondre poliment :

« Merci, Mrs. Richardson.

— Tu sais, tu peux m'appeler Joyce. Et lui, c'est Andy », ajouta-t-elle en faisant signe à son mari de s'approcher.

Andy alla vers elle et lui prit la main.

Daryl les regarda tour à tour et répéta « Joyce... Andy »... comme s'il cherchait à mémoriser ces noms et ces visages.

« C'est merveilleux de t'avoir ici, Daryl. Howie m'a tellement parlé de toi ! dit Andy en souriant.

— Viens, nous allons faire faire à Daryl le tour du propriétaire », proposa Joyce.

Comme ils montaient l'escalier, Andy ramassa une balle de base-ball qui traînait sur le palier.

« Hé ! Daryl, tu sais que je suis l'entraîneur de l'équipe locale ? » fit-il en lui lançant la balle.

Daryl n'esquissa pas un geste pour l'attraper. Elle rebondit sur sa poitrine et dégringola l'escalier.

Convaincu de l'avoir mis dans une situation embarrassante, Andy s'empressa de le consoler.

« Je t'ai pris par surprise, hein ? On pourra jouer plus tard, si tu veux. »

Daryl regardait la balle qui continuait de rouler sur le sol. Il avait l'air très perplexe.

« Oui, vous aurez tout le temps », dit Joyce en jetant à Andy un regard de reproche.

Elle prit Daryl fermement par le bras et l'entraîna, tandis que du rez-de-chaussée Howie leur criait qu'il partait.

CHAPITRE IV

Le soleil du matin filtrait à travers les fenêtres de la cuisine. Joyce sourit en voyant le fils des voisins, le visage collé au carreau.

« Bonjour, Turtle, dit-elle en lui faisant signe d'entrer. Comment se sont passées ces vacances ? Tes parents ne m'ont encore rien raconté.

— Oh ! c'était pas mal. Mais j'ai découvert des choses plus intéressantes que les vacances.

— Quoi donc ? demanda Joyce.

— Regarder la peinture sécher. Ou couper des vers en deux pour voir les morceaux gigoter. »

Joyce sourit.

« Et où il est cet extraordinaire enfant que vous avez recueilli ? demanda Turtle.

— Extraordinaire ?

— Mon père dit qu'il est vraiment charmant, fit Turtle avec une grimace. A mon avis, c'est de la pure jalousie. Pourtant je n'arrête pas de lui faire remarquer qu'il a lui-même un garçon parfait à cent pour cent, j'ai nommé Turtle Fox, ici présent !

— Daryl est en haut, je vais l'appeler... Daryl ! Daryl, mon petit ! Descends ! Je veux te présenter quelqu'un ! cria-t-elle.

— Il paraît qu'il ne se rappelle pas d'où il vient. Est-ce que... est-ce qu'il est un peu ramolli du cer-

17

veau ? demanda Turtle en traçant des petits cercles avec son index sur sa tempe.

— Non, répondit Joyce en lui faisant les gros yeux, pas du tout. Et je te prie de ne pas parler de ça avec lui. C'est d'accord ?

— Oh ! bon... d'accord.

— Promets-le-moi, insista Joyce. Son amnésie est un sujet tabou. Vu ?

— Parole de scout », promit Turtle.

Juste à ce moment-là Daryl entra dans la cuisine.

« Hello, Daryl. C'est moi, Turtle.

— Hello, Turtle, répondit Daryl d'un ton cérémonieux.

— Écoute... euh, ça te dirait de venir te balader avec moi dans le parc ou ailleurs ?

— C'est une excellente idée, approuva Joyce en souriant. J'aimerais beaucoup que vous deveniez copains tous les deux. Les parents de Turtle sont nos meilleurs amis », expliqua-t-elle à Daryl.

Daryl hocha la tête et les deux garçons s'en allèrent.

« ... Je fais ça depuis quelque temps », dit Turtle, expliquant à Daryl pourquoi il voulait se promener dans le parc.

Ils s'arrêtèrent en chemin devant une maison où un énorme boxer était attaché par une laisse à la rampe du perron.

« Pour me faire un peu d'argent, je balade Joey une fois par semaine. Ce monstre-là, c'est Joey », dit-il en désignant le chien qui tirait sur sa laisse, prêt à bondir.

Une fois dans le parc, Turtle trouva un coin ombragé et attacha Joey au tronc d'un arbre. Puis il s'assit dans l'herbe et invita Daryl à en faire autant.

« Tiens, tu veux un chewing-gum ? »

Daryl le prit et le mit dans sa bouche. Turtle l'observait avec intérêt.

« Je n'y comprends rien, dit-il. Tu sais encore lire, tu te rappelles ton nom, des choses comme ça, mais pas tes parents ni ton école ni si tu as des frères ou des sœurs... Ça n'a pas de sens... »

Il secoua la tête, décontenancé.

« Le docteur prétend que ma mémoire peut revenir brusquement, répondit Daryl. Mais en fait personne n'en sait rien. »

Au bout d'un moment, Turtle regarda sa montre et sursauta :

« Hé ! il est temps de rentrer ! Tu veux venir chez moi ? Si on est gentil avec elle, la Racoleuse nous laissera peut-être jouer avec son ordinateur.

— Okay. Mais qui est-ce, la Racoleuse ?

— C'est ma sœur, Sherie Lee », répondit Turtle en riant.

Il détacha le chien, fou de joie de se sentir enfin libre et laissa la laisse à Daryl pour faire le chemin du retour.

« Pourquoi la Racoleuse ? demanda Daryl.

— Prostituée amateur... Elle sort tous les soirs avec un autre garçon. Voilà pourquoi. Ça la fait drôlement enrager que je l'appelle comme ça ! » fit Turtle en éclatant de rire.

Ils traversèrent le parc, courant presque à cause du chien qui les tirait en avant.

« Qu'est-ce que c'est une prostituée ? » demanda Daryl.

Mais sa voix fut étouffée par les aboiements frénétiques de Joey. Turtle reprit la laisse en main et se dirigea vers une grosse dame qui se dorait au soleil devant sa maison.

« Est-ce que Joey a bien couru ? demanda la

femme en s'emparant du chien. Il s'en est mis plein les poumons, j'espère ?

— Oh ! il a bien fait ses seize kilomètres aujourd'hui, Miss Kent, répondit Turtle sans ciller.

— Même heure, mardi. N'oublie pas, surtout, dit Miss Kent en tendant à Turtle un billet d'un dollar. Joey est surexcité les jours où il sait qu'il va prendre de l'exercice avec toi. »

Turtle fourra le dollar dans sa ceinture, et les deux garçons reprirent leur chemin. Ils n'avaient pas fait dix mètres qu'un break s'arrêtait à côté d'eux. C'était Joyce, qui sortit la tête.

« Vous voulez un bout de conduite ? »

Ils s'empressèrent de grimper dans la voiture. Joyce accéléra, tourna au bout de la rue et s'arrêta au coin devant une vieille maison en bois.

Ils descendirent. Turtle lança un coup d'œil à Joyce.

« Prendre la voiture par un temps pareil, pour faire cinquante mètres... c'est plutôt marrant !

— Gros malin ! répliqua Joyce en riant. Je suis allée chez le teinturier chercher la tapisserie de ta maman. »

Elle ouvrit le coffre arrière et fit signe aux enfants de venir l'aider. Daryl arriva aussitôt ; Turtle montra beaucoup moins d'empressement.

Elaine, la mère de Turtle, qui l'observait du perron, lui cria :

« Eh bien, Junior, remue-toi ! »

Turtle obéit et attrapa un bout de la tapisserie roulée, pour la porter dans la maison. Au passage, il lança à Elaine un regard noir et en profita pour dire à Daryl :

« C'est ma mère...

— Nous nous sommes déjà rencontrés, dit Elaine. Hello, Daryl. Contente de te voir ici.

« — Merci, madame. Tout le plaisir est pour moi. »

Turtle resta pétrifié d'horreur et de surprise devant cette réponse, d'une politesse livresque.

Tandis que Daryl et Turtle se démenaient pour monter les marches du perron avec la tapisserie, Elaine et Joyce s'embrassèrent. Puis Elaine expliqua aux garçons comment l'accrocher à une tringle, le long du mur.

Turtle était encore sous le choc des propos de son nouveau copain.

« Écoute, l'ami, lui dit-il. Un jour je t'expliquerai comment un type peut devenir un vrai casse-pieds.

— Ça suffit, Turtle, intervint Elaine. Ne dis pas n'importe quoi. »

Joyce tira sur le cordon pour achever de mettre la tapisserie en place, dans le hall. Turtle fit signe à Daryl de le suivre.

« Allons voir si la Racoleuse est en haut. »

Elaine, qui l'avait entendu, s'écria :

« Tu vas arrêter, oui, avec cette histoire de Racoleuse ! » Puis elle ajouta plus gentiment : « Daryl, fais comme chez toi... enfin, comme chez Joyce et Andy... »

Tirant Daryl par la manche, Turtle l'entraîna avec lui dans l'escalier puis dans la chambre de Sherie Lee. Allant tout droit à l'ordinateur, il commença un jeu de Pole Position, qui consistait à piloter une voiture de plus en plus vite dans une circulation de plus en plus intense. Sherie Lee n'avait pas bronché, visiblement accoutumée aux manières de son frère.

Turtle et Daryl étaient complètement absorbés par le jeu quand Sherie Lee demanda tout à coup :

« Dis-moi, Daryl, comment peux-tu te souvenir de ton nom si tu as oublié tout le reste ?

— Tu nous ennuies, idiote ! lança Turtle à sa sœur sans s'arrêter de jouer.

— J'ai le droit d'ennuyer qui je veux dans *ma* chambre, riposta Sherie Lee. C'est le prix à payer quand on entre chez *moi* et qu'on joue avec *mon* ordinateur. »

Daryl se tourna vers elle et lui expliqua poliment :

« L'amnésie peut être sélective, c'est-à-dire qu'il reste toujours une mémoire partielle. Par exemple, je n'ai pas oublié les mots qui me permettent de m'exprimer. »

L'explication de Daryl parut satisfaire provisoirement Sherie Lee. D'autant plus que Turtle venait de pousser un grognement qui détourna leur attention.

« Quatre mille huit cents points ! Voyons si tu fais mieux, la Racoleuse ! »

Turtle appuya sur une touche et lança un regard de défi à sa sœur, tandis que le MEILLEUR SCORE s'inscrivait sur l'écran.

Comme le frère et la sœur commençaient à se disputer, Daryl demanda timidement :

« Est-ce que je peux essayer ?

— Il faudrait d'abord que je te montre comment on joue, dit Turtle.

— Hé ! crétin, intervint Sherie Lee, laisse-le donc essayer. Voyons voir s'il est aussi malin que Joyce le prétend.

— Je crois que j'ai compris », dit Daryl en s'asseyant devant l'ordinateur.

Il se mit à jouer, lentement mais sans erreur, tandis que Turtle et Sherie Lee se regardaient, l'air moqueur.

Au bout de quelques minutes, Daryl allait aussi vite que Turtle au moment de l'accident. La route défilait à une rapidité telle qu'il devenait difficile de discerner le moindre détail.

Soudain intéressés par la performance de Daryl, Turtle et Sherie Lee cessèrent de ricaner pour contempler l'écran avec stupeur.

La vitesse dépassait maintenant toute possibilité d'adaptation des réflexes. La piste n'était plus qu'une bande floue. Pourtant Daryl continuait d'additionner les points, guidant tranquillement sa voiture parmi le flot des véhicules arrivant en sens inverse. Turtle et Sherie Lee, totalement fascinés, lui hurlaient des encouragements. Daryl accéléra encore le jeu.

« Sincèrement, c'est un garçon épatant. Mais tu en sais davantage que moi en matière d'éducation. Faut-il le gronder de temps à autre ? » demanda Joyce.

Elle bavardait avec Elaine dans la cuisine.

« Bien sûr, tout le temps ! répondit Elaine. Si on ne les gronde pas, les enfants ont l'impression qu'on ne les aime pas.

— Mais comment savoir si on est trop sévère ? répliqua Joyce.

— C'est le genre de choses qu'on découvre de soi-même. Attends un peu, ça viendra. C'est normal que tu te sentes un peu désorientée pour l'instant. »

En entendant une voiture arriver, elles jetèrent toutes les deux un coup d'œil par la fenêtre. C'était la voiture d'Howie. Tout à coup, Joyce déclara d'un air songeur :

« Tu sais, Elaine... En ce moment même, quelqu'un doit être à la recherche de Daryl... »

Dans la chambre de Sherie Lee, Daryl, le visage radieux, finissait sa première partie sur l'ordinateur. Turtle et Sherie Lee le regardaient sans rien dire.

« C'est très amusant, ce jeu », déclara Daryl.

Turtle, abasourdi par le spectacle qu'il venait d'avoir, posa la main sur l'épaule de Daryl, en un hommage silencieux. Son visage exprimait à la fois le ravissement et la stupeur.

Sherie Lee balbutia :

« Tu le jures ? Tu n'as jamais joué à ce jeu avant ?

— Je ne pense pas, répondit Daryl en souriant.

— Si tu le dis... Mais à te voir, on croirait plutôt que c'est toi l'inventeur du jeu.

— Allez, laisse tomber, la Racoleuse, intervint Turtle. Il est seulement...

— Tu vas cesser de m'appeler comme ça ? » hurla Sherie Lee.

Daryl regarda Sherie Lee qui était devenue rouge de colère et se tourna vers Turtle.

« Cela semble déplaire également à ta mère, fit-il remarquer.

— Bien sûr que ça lui déplaît ! C'est justement ça l'intérêt ! cria Turtle à son tour.

— Je ne comprends pas pourquoi tu tiens absolument à contrarier ta famille, dit Daryl, l'air perplexe.

— Pour un génie, tu es vraiment stupide », marmonna Turtle en se dirigeant vers la porte.

Daryl le suivit, mais se retourna pour demander à Sherie Lee :

« Qu'est-ce que c'est, une prostituée ? »

Sherie Lee se remit à hurler et lui envoya à la tête la pile de journaux qu'elle avait sous la main. Daryl s'enfuit et dévala l'escalier.

Les garçons sortaient de la maison au moment où Howie arrivait du garage.

« Hello, papa !

— Hello, les enfants !

— Hello, Mr. Fox.

— Comment ça va, Daryl ? Alors, mon espèce de fils t'a fait faire le tour du propriétaire ?

— Oui, merci, Mr. Fox. Turtle et la Ra... et Sherie Lee ont été très gentils.

— Hé ! papa, c'est un joueur de Pole Position extraordinaire ! A vue de nez, je le classerais même champion du monde ! »

Howie regarda en souriant les deux garçons qui s'en allaient en courant.

CHAPITRE V

La voiture de Joyce — avec son autocollant sur la vitre arrière : SI VOUS N'AIMEZ PAS MA FAÇON DE CONDUIRE, CHANGEZ DE ROUTE — s'arrêta dans un crissement de pneus devant les grilles du collège. Elle coupa le moteur. Les portières s'ouvrirent et Turtle, Daryl et deux autres enfants jaillirent du véhicule. Joyce, la dernière à sortir, alla rejoindre Daryl qui l'attendait.

« Te dérange pas, Joyce, je me charge de lui, cria Turtle.

— C'est que... dit Joyce, hésitant, Daryl préfère peut-être que je...

— Tu sais, ça la fiche mal d'arriver avec sa mère le premier jour de classe », fit Turtle avec une grimace de dégoût.

Joyce tourna vers Daryl un regard interrogateur.

« Je te remercie, Joyce. Mais Turtle saura certainement m'indiquer ce que j'ai à faire. »

Joyce se détourna pour cacher sa déception. Elle aurait tellement voulu entrer avec lui, comme une vraie mère... Daryl s'approcha d'elle pour lui dire au revoir. Les yeux humides, Joyce l'embrassa et le suivit des yeux, tandis qu'il s'éloignait.

A la fin du premier jour, Daryl était déjà adapté à l'école. Le cours de mathématiques avait été un vrai supplice. Le professeur, Mr. Nesbitt, surprit Trudi Johnson à copier sur sa voisine. Se dressant de toute sa hauteur, il lança d'une voix tonnante à la pauvre Trudi :

« Savez-vous à quel point je déteste qu'on triche ? »

Il répéta sa question, pour obliger Trudi à répondre. Elle secoua désespérément la tête.

« Eh bien, poursuivit Nesbitt, essayez d'imaginer une vie où vous n'auriez aucun espoir de rentrer en grâce auprès de moi ! »

Trudi, effondrée sur sa chaise, essaya de lui expliquer :

« Mais... je demandais seulement à Andrea si elle pouvait...

— Silence ! rugit Nesbitt, roulant de gros yeux à mesure que sa colère montait. Vous lui avez demandé de vous donner la solution du problème ! Lors d'un examen, cela s'appelle frauder. A partir de maintenant, je vous considérerai donc comme une fraudeuse ! »

La lèvre inférieure de Trudi se mit à trembler et ses yeux se remplirent de larmes. Un silence pesant s'était abattu sur la classe. Andrea croisa le regard de Daryl et lui adressa un clin d'œil complice. Daryl la regarda sans bien comprendre. De nouveau elle cligna de l'œil. Il sourit et lui répondit de la même façon.

James Frost remarqua ce manège entre Daryl et Andrea. Jaloux, il essaya de se faire remarquer de la fillette en lui adressant de petits signes de la main. Mais comme ses efforts restaient vains et qu'Andrea feignait de ne pas le voir, lui, James Frost, le garçon le plus costaud de la classe, il sentit une colère vengeresse l'envahir. Daryl allait avoir affaire à lui.

Nesbitt s'éclaircit la voix pour requérir l'attention de la classe.

« Bon, j'accepte de passer pour cette fois. Mais si jamais cela se reproduisait... »

La mystérieuse menace resta suspendue dans l'air. Daryl croisa le regard de Trudi. Elle lui adressa un clin d'œil dans l'espoir de s'attirer sa sympathie. Daryl lui rendit son clin d'œil, et Trudi lui fit un grand sourire.

Le moment était venu de corriger les interrogations.

« Que chacun passe sa copie deux tables plus loin ! » ordonna Mr. Nesbitt. Daryl et Turtle étaient assis côte à côte au fond de la classe. Daryl prit la feuille qu'on lui tendait et la parcourut du regard, apportant çà et là quelques rectifications. En quelques secondes il avait corrigé entièrement le problème.

James Frost l'observait, toujours furieux et à l'affût d'un mauvais coup. A force de raclements de gorge il réussit à attirer l'attention de Nesbitt sur celui qu'il considérait désormais comme son rival.

« Hé ! toi. Oui, toi ! cria Nesbitt, qui gagna en quelques enjambées le banc de Daryl et se planta devant lui. Qu'est-ce que tu fais ? Tu changes les réponses ? Tu écris sur la feuille d'un autre ? » hurla-t-il.

Daryl, très calme, leva les yeux vers lui.

« J'étais en train de corriger le problème, comme vous l'avez demandé, répondit-il.

— Mais je n'ai pas encore donné la solution ! »

Daryl tendit la copie à Nesbitt, affligé d'un clignement d'yeux de plus en plus nerveux. Prenant cela pour un signe amical, Daryl lui adressa à son tour un clin d'œil.

« Mes corrections sont justes, vous verrez. Il y a cependant une erreur à la huitième décimale... mais seule une machine à calculer pourrait la relever... »

Nesbitt examina la feuille et resta coi. Reposant brutalement la copie sur le pupitre de Daryl, il s'éloigna.

Turtle ne se tenait plus de joie : Daryl avait triomphé du détestable Nesbitt. Mais, pour James Frost, ce fut la goutte d'eau qui fit déborder le vase.

« Ce nouveau, chuchota-t-il à Murphy, il se croit plus intelligent que les autres. Mais il ne l'est pas assez pour savoir rester à sa place... »

Une deuxième menace resta suspendue dans l'air.

Andy Richardson fouettait l'air de sa batte en attendant que Turtle ait fini d'aider Daryl à enfiler son gant de base-ball. Des notes s'égrenaient par la fenêtre ouverte du salon où Joyce donnait sa leçon de piano. De temps à autre on l'entendait reprendre son élève et lui indiquer comment placer ses doigts.

« Okay, fit Andy. Et maintenant, ce qu'il est important de ne jamais oublier, c'est que le base-ball est l'essence même de toute vie dans l'univers. C'est un jeu éminemment sérieux, avec lequel on ne plaisante pas. Si j'entends ne serait-ce qu'un rire, nous jouerons à un autre jeu intitulé "laver la voiture". »

Turtle jeta un regard à Daryl et pouffa de rire.

Andy donna la batte à Daryl, le poussa gentiment

jusqu'à l'aire de renvoi et lui montra comment se placer.

« Voilà, écarte les jambes pour avoir de l'assise et pivote sur les hanches. »

Daryl suivit ses conseils, perdit l'équilibre et trébucha en avant.

« Non, non, non..., fit Andy en riant. Moins écartées, les jambes ! »

Quand le garçon eut pris une position correcte, Andy trottina jusqu'à l'endroit qu'il lui avait désigné comme étant l'aire du lanceur.

« Okay, Daryl. Maintenant, détends-toi et garde l'œil sur la balle. »

Andy se balança en arrière sur une jambe, pivota sur les hanches et leva le bras pour donner du poids à sa balle. Daryl trouva son geste bizarre, mais il n'avait pas oublié la consigne : suivre la balle des yeux. Andy lança la balle tout doucement. Daryl suivit sa trajectoire et frappa. Mais l'impact lui arracha un cri de douleur ; il lâcha la batte et la balle passa par-dessus la tête d'Andy. Turtle courut la chercher pendant qu'Andy revenait vers Daryl.

« Excuse-moi, mon petit, j'ai oublié de te dire qu'il fallait tenir fermement la batte », lui expliqua-t-il en lui montrant comment s'y prendre.

Il lui plaça les mains sur la poignée entourée d'un adhésif rouge pour assurer une meilleure prise, et s'efforça de lui donner confiance.

« Tu es un joueur-né, Daryl. Ça se voit tout de suite. Tout est dans l'œil. Cette fois, tiens fort la batte, frappe tranquillement et... envoie-moi la balle droit jusqu'à l'autoroute. Okay ?

— J'essaierai », répondit Daryl sans beaucoup de conviction.

Pendant qu'Andy regagnait l'aire de lancer, Daryl

plia les jambes et sautilla sur place pour se détendre. Puis il reprit position et leva la batte, concentré, les sourcils froncés.

Le voyant prêt, Andy lança la balle qui fendit l'air dans sa direction. Comme au ralenti, la batte de Daryl vint la frapper avec précision. La balle se déforma au moment de l'impact, puis reprit sa forme ronde et repartit droit dans le ciel.

Bouche bée, Andry et Turtle, virent la balle disparaître par-dessus le toit de la maison.

« Alors, c'était bien ? » demanda Daryl.

Andy était tellement stupéfait qu'il pouvait à peine parler.

« On va... recommencer, parvint-il enfin à articuler. Turtle, tu me promets de garder le secret, hein ? Prépare-toi, Daryl ! » ajouta-t-il en claquant des mains.

Cette fois, Andy lui expédia la balle avec force. Daryl la réexpédia sans le moindre effort dans les airs.

Andy n'en croyait pas sa chance. Il fit signe aux garçons de le rejoindre, les serra dans ses bras et donna des claques dans le dos de Daryl, en lui assurant qu'il était son « arme secrète » pour la saison à venir.

« Daryl, tu es... tu es un génie !

— Les "Warriors" ! s'exclama Turtle.

— On va les massacrer ! acquiesça Andy. Mais que personne n'en sache rien. Il ne doit pas nous échapper un mot à ce propos.

— A propos de quoi ? demanda Daryl, intrigué.

— Il demande à propos de quoi ! s'exclama Andy. Tu ne trouves pas que ce gosse est formidable, Turtle ? Stupéfiant ! Et modeste avec ça ! J'ai l'impression de rêver ! Allez, encore une balle, histoire de vérifier que je suis bien éveillé ! »

Daryl reprit sa position sur l'aire de renvoi. La balle fusa vers lui, il la frappa d'un coup sec et l'expédia hors de vue.

Andy regarda la balle disparaître au loin. En secouant la tête, il ramassa les équipements, puis il rentra en courant à la maison.

« CQ à QC. Ils arrivent, QC. Sujets en vue. Terminé ! »

Turtle garda encore le talkie-walkie serré contre ses lèvres, mais n'ajouta rien. Il surveillait la route, attendant que Sherie Lee rentre avec son petit ami Mark Bennet.

Comme la moto approchait, Turtle reprit :

« CQ appelle QC. Ils sont là ! QC. Terminé. »

Daryl était dans sa chambre et regardait la télévision quand il avait entendu la voix de Turtle grésiller dans son talkie-walkie.

« Ici, QC, répondit-il. CQ, que se passe-t-il ? Terminé.

— QC, chuchota Turtle qui observait Mark et Sherie Lee dans les bras l'un de l'autre, elle va l'embrasser d'ici une seconde, et juste devant la maison ! Elle n'a vraiment pas honte. Oh ! c'est dégoûtant. Terminé. »

Mark serra Sherie Lee contre lui et lui donna un timide baiser sur la joue.

« Censuré, censuré, bip-bip-bip, continua Turtle. Mon Dieu ! Je suis trop jeune pour voir ça ! »

Turtle se pencha à la fenêtre pour avoir un meilleur coup d'œil sur la scène. Sherie Lee s'écartait de Mark et se dirigeait vers la porte de la maison quand celui-ci la rattrapa pour lui remettre quelque chose qu'elle avait oublié sur la moto. Sherie Lee eut tout à coup l'impression qu'on l'observait. Elle leva la tête et Turtle recula vivement dans sa chambre. Au bout d'un instant, il risqua de nouveau un œil.

Daryl était toujours assis devant la télé, son talkie-walkie à la main, attendant de nouveaux commentaires. La voix de Turtle éclata soudain dans l'appareil.

« CQ au rapport. Bennet promène ses mains sales sur son fond de culotte ! En fait, il est en train de lui tâter les poches ! Quel pervers ! »

Sherie, qui avait entendu ce dernier commentaire, frappa à la porte de la chambre de son frère en lui criant de la fermer. Turtle haussa les épaules. « Pas mal », songea-t-il, impressionné par sa propre imagination et assez satisfait de sa description, inventée de toute pièce, de ces adieux érotiques. Sa mère lui cria brusquement :

« Turtle ! Va au lit immédiatement ! Il est presque minuit ! »

Daryl brancha son talkie-walkie.

« CQ, ici QC. J'ai entendu. Bonne nuit.

— CQ, bien reçu. Un peu plus instruit, un peu plus choqué par le comportement de sa sœur », répondit Turtle.

Daryl se mit au lit avec son talkie.

« Toute connaissance est bonne parce qu'elle apporte un enseignement. Ici QC, terminé. »

CHAPITRE VI

Le lendemain matin, Daryl ouvrit le réfrigérateur, cherchant quelque chose à emporter pour son déjeuner. Vêtu d'un jean et d'un sweatshirt, il était prêt à partir pour l'école. La radio diffusait son bulletin matinal sur la circulation. Daryl se confectionna un sandwich avec des tranches de salami, de la salade et de la mayonnaise, l'enveloppa dans une serviette en papier et le rangea dans un petit sac en plastique, avec une pomme pour son dessert.

Andy entra dans la cuisine en chantonnant.

« Salut, Daryl. Tu sais, j'ai rêvé de toi toute la nuit !

— Vraiment ? fit Daryl, surpris.

— Toi, mon ami, tu vas réduire les ''Warriors'' en bouillie ! »

Daryl le regarda, de plus en plus surpris.

« C'est samedi le grand match. Tu as oublié ?

— Ah ! Le base-ball ! s'exclama Daryl, comprenant enfin de quoi il s'agissait.

— Chut ! » fit Andy en portant un doigt à ses lèvres.

Et il se mit en devoir de préparer le café.

« Salut ! Qu'est-ce que tout le monde veut pour le

petit déjeuner aujourd'hui ? » demanda Joyce en entrant dans la cuisine.

Elle ouvrit le robinet et se savonna les mains.

« Merci, j'ai déjà pris le mien, répondit Daryl.

— Ah oui ? fit Joyce en s'essuyant.

— Et j'ai fait ma vaisselle.

— Eh bien, c'est parfait », dit Joyce en allant ouvrir le réfrigérateur.

Elle avait l'air déçu.

« Que dirais-tu d'une pizza pour ton déjeuner ? »

Daryl sourit et lui montra son petit sac déjà prêt.

« J'ai promis à des copains d'arriver en avance à l'école pour les aider...

— Bien, bien », répondit Joyce.

Daryl s'approcha d'elle pour l'embrasser avant de partir, mais elle détourna la tête, l'air sombre.

« Ça ne va pas, Joyce ? demanda-t-il en lui posant la main sur l'épaule.

— Si, si... Ça va très bien... »

Elle l'embrassa sur la joue. Daryl en profita pour la serrer contre lui. Puis il attrapa son déjeuner sur la table et sortit en courant.

Joyce se sentit un peu réconfortée, mais quand même, une espèce d'angoisse lui tenaillait l'estomac. Elle se rendit dans la chambre de Daryl et la trouva exactement comme elle s'y attendait : propre, rangée, impeccable. Joyce secoua la tête et regarda tout encore une fois. Son estomac se serra encore un peu plus. Elle sortit et referma la porte derrière elle.

La sonnerie annonçant le début des cours retentit au moment où Turtle et Daryl entraient dans la bibliothèque avec quelques-uns de leurs camarades.

« Je n'arrive pas à y croire ! s'écria Andrea. Refais-le, Daryl !

— Bah ! C'est un tour de passe-passe, dit Hannibal avec une moue méprisante, tandis qu'Andrea rendait à Daryl le cube Rubik qu'il venait de remettre en ordre dans un temps record. Il a un truc. Comme ce prestidigitateur, j'ai oublié son nom, qui est passé à la télé... »

Daryl prit le cube et le fit tourner dans sa main. Les six faces étaient dans un désordre complet. Avec un vague sourire, il examina le cube un moment, le fit passer derrière son dos et se mit à le tourner et à le retourner.

« Il suffit simplement de combiner les positions adéquates en fonction d'un modèle donné... »

Il s'interrompit car un silence s'était soudain établi dans la pièce. James Frost, qui l'écoutait dissimulé derrière les rayonnages de la bibliothèque, venait d'apparaître et se dirigeait vers eux.

« Hello ! » dit Daryl en posant sur lui un regard franc.

Sans lui répondre, James poussa rudement Turtle contre le mur.

« Tu t'es moqué de moi en classe, espèce de petit minable ! gronda-t-il en le bousculant encore un peu.

— Non, ce n'est pas vrai ! protesta Turtle. Je riais d'une blague. Je le jure ! »

James hésita, déconcerté par ces excuses. Turtle se redressa, regarda Frost droit dans les yeux, et se mit à rire.

« Ouais, c'était une blague... une blague appelée James Frost ! »

Turtle avait calculé son temps de parole de

manière à se trouver en lieu sûr au moment où il lancerait sa repartie. Mais son calcul fut réduit à néant par Murphy, qui lui coupa la retraite et le renvoya à James.

Turtle essaya bien de se défendre, mais il n'était pas de taille contre ces deux-là. James se jeta sur lui et le frappa d'un coup à la mâchoire, d'un autre à l'estomac. Puis il le projeta contre les rayonnages. Turtle en eut le souffle coupé.

Daryl s'interposa entre eux, face à James.

« Espèce de morpion, grogna James avec mépris, tu crois vraiment que l'intelligence donne aussi de la force ? »

Il lui envoya un grand coup dans la poitrine qui obligea Daryl à reculer. Puis il l'empoigna par les cheveux, le faisant grimacer de douleur.

« Turtle a eu ce qu'il méritait. A ton tour maintenant, minable ! » dit-il en ricanant.

Il le frappa sauvagement à l'œil et l'expédia à terre. Puis il s'installa sur lui et lui bourra la tête de coups de poing. Quand Daryl fut complètement groggy, il le souleva et le frappa de nouveau à l'estomac. Après un dernier coup de pied dans le tibia, James recula pour contempler son œuvre. Étourdi, meurtri, Daryl leva vers lui un regard pathétique. Cette fois, c'était James Frost qui triomphait.

Décidé à avoir le dernier mot, il le prévint :

« Dis-toi bien que cette fois, j'ai été très gentil avec toi, l'ami... »

Et là-dessus, il s'éloigna.

Daryl tendit à Turtle le cube parfaitement reconstitué et rappela James d'une voix douce :

« Attends une minute... »

James se retourna. Quoi ! ce gringalet en voulait encore ! Il marcha sur Daryl et lui envoya son poing en pleine poitrine. Mais cette fois, Daryl était prêt. Avec une rapidité qui prit son adversaire de court, il lui attrapa le poignet, le tira en avant et le fit basculer. James s'écroula.

Furieux, il se releva et se jeta sur Daryl, poings en avant. Daryl esquiva comme un boxeur professionnel. James essaya de lui donner un coup de pied, mais Daryl lui saisit la cheville et la lui tordit. James se recroquevilla sur lui-même et atterrit en boule sur le sol.

Bouillant de rage, il se remit sur pieds et revint à la charge. Mais Daryl maintenant l'avait évalué, des pieds à la tête.

Il se mit en garde, la tête bien protégée entre ses bras pliés, poings serrés. Droite, gauche, uppercut, une volée de coups s'abattit sur James dont la tête valdinguait comme un punching-ball. Une dernière droite l'atteignit au menton, suivie d'un gauche à l'estomac. James se plia en deux et s'écroula à terre en gémissant. Un rugissement de joie salua la victoire de Daryl. James Frost avait enfin eu ce qu'il méritait.

Ce soir-là les Richardson avaient invité les Fox à un barbecue. Howie et Elaine étaient installés dehors, sur des chaises longues, tandis que Joyce allait et venait, préparant le dîner.

« Comment pourrais-je avoir confiance en un homme comme Andy ? dit-elle à Elaine. Il commence par faire jurer le secret à Daryl, mais après ça il ne se gêne pas pour m'en parler. Et maintenant, c'est à vous qu'il raconte tout ! »

Andy se défendit.

« La seule personne qui ne doit pas s'en douter, c'est Bull MacKenzie. Il est tellement prétentieux que l'année dernière il a eu le culot de me suggérer d'abandonner la partie au quatrième tour de batte[1].

— Au quatrième tour ? s'exclama Howie. Ma foi, Andy, je te comprends !

— Oh ! Andy a été très brillant ce jour-là, remarqua Joyce d'un ton sarcastique. Il a versé de la vodka dans le Coca-Cola des "Warriors" et c'est ainsi qu'il a sauvé l'honneur. Vingt-deux à trois, n'est-ce pas, le champion ? »

Elaine en eut le souffle coupé.

« C'est vrai ? Eh bien vous avez eu de la chance ! Vous auriez pu être poursuivi. Il est interdit de servir de l'alcool à des mineurs. »

Andy eut un grand sourire.

« Moi ? Je ne leur ai rien servi.

— Alors... qui ? »

Elaine s'arrêta court. Le sourire d'Andy dénonçait assez clairement celui qui avait joué le rôle de garçon de café ce jour-là. Mais Daryl, lui, se demandait pourquoi Andy regardait Turtle en riant.

« On meurt de faim, lança celui-ci. Est-ce qu'on va bientôt dîner ? »

Elaine regarda son fils, les yeux écarquillés.

« Ce n'est pas possible ! Tu n'as pas... »

Turtle répondit par un grognement inintelligible.

« Tu l'as vraiment fait ! Oh ! mon Dieu, Turtle...

— Mais qu'est-ce que j'ai fait ? Je viens à peine d'arriver !

— Hé, Turtle ! Tu te rappelles cette formidable partie, l'an dernier ? Quand tous ces "Warriors" avaient tellement soif ? lui souffla Andy, histoire de l'éclairer.

---

1. Une partie de base-ball comprend neuf tours de batte, à trois lancers chacun.

« — Ah ! je vois... fit Turtle, en soupirant. De toute façon, ce n'était pas de la vodka, mais de l'eau, ajouta-t-il avec un clin d'œil à Andy. Bon, vous m'appellerez quand le dîner sera prêt. »

Comme il s'en allait, Howie hurla à la cantonade :

« J'ai un fils rudement malin...

— N'empêche que tu me dois toujours huit dollars pour la bouteille », constata Andy.

Daryl, qui allait et venait, désœuvré, demanda à Joyce s'il pouvait l'aider à quelque chose.

« Tu pourrais appeler Sherie Lee, suggéra Andy.

— Elle est sortie. Avec Mark Bennet », répondit Daryl.

Elaine soupira.

« Qu'est-ce qu'elle peut bien lui trouver, à ce garçon ? » demanda-t-elle à son mari.

Daryl répondit à sa place, tranquillement :

« Sherie Lee prétend qu'il est sexy. Mais Turtle dit que c'est parce qu'il a la plus grosse... »

Joyce l'interrompit brutalement.

« Ça suffit, Daryl ! »

Surpris par la violente réaction de Joyce, Daryl partit à la recherche de Turtle.

Décontenancée, Joyce demanda à Howie :

« Dis donc... Est-ce que c'est moi, ou...

— Ou quoi, Joyce ?

— Est-ce qu'il n'y aurait pas chez Daryl quelque chose d'un peu... »

Devant son expression douloureuse, Élaine intervint :

« Howie, laisse-la parler !

— Eh bien, Howie ? » insista Joyce.

Pris au piège, Howie se sentit obligé de répondre.

« C'est un bon garçon, Joyce. Il est seulement

très brillant. Je veux dire... tellement brillant qu'il peut te sembler... différent. »

Joyce poussa un soupir résigné.

« C'est vrai, c'est un très gentil garçon. Mais il est si sérieux, si serviable... beaucoup trop pour son âge. C'est peut-être à cause de ça... »

Elle se tourna vers Andy, cherchant son soutien. Il eut pour elle un regard plein de compréhension mais se contenta de hausser les épaules. Il n'était pas disposé à entrer dans ce genre de discussion.

Gênée par le tour que prenait la conversation, Elaine intervint :

« C'est à ne pas en croire ses oreilles ! Voilà l'enfant dont rêvent tous les parents, et toi tu te plains ! »

Joyce en fut saisie. Elle n'avait pas voulu paraître aussi critique.

« Je ne me plains pas, expliqua-t-elle. J'aime Daryl et j'espère de tout mon cœur que nous pourrons l'adopter. C'est seulement que... On dirait qu'il n'a besoin de personne.

— Si on mangeait ? » proposa Andy pour écarter le sujet.

Le jour du grand match de base-ball était enfin arrivé. Vêtu de la tenue des « Mohicans », Turtle était allongé sur l'herbe devant la maison. Les yeux fermés, il invoquait le ciel :

« Quel ennui ! Quel ennui ! Quel ennui ! QUEL ENNUI !... »

Daryl et Sherie Lee, eux, étaient là-haut, occupés à jouer avec l'ordinateur. Daryl était fasciné par la diversité des programmes qu'il avait à sa disposition, et Sherie Lee était enchantée de pouvoir partager sa passion avec quelqu'un d'aussi expert.

Bien qu'étant lui aussi, en tenue de base-ball, Daryl avait l'esprit occupé par tout autre chose que la partie qui l'attendait.

« As-tu essayé le modem ? demanda Sherie Lee.

— C'est un jeu ?

— Pour un type aussi intelligent, qu'est-ce que tu trimbales par moments ! »

Sherie lui montra le modem en souriant.

« Voilà, c'est ça, un modem. Il met en liaison l'ordinateur avec d'autres ordinateurs par l'inter-médiaire du téléphone », expliqua-t-elle.

Elle feuilleta un magazine et entoura d'un trait de crayon une petite annonce.

« Tiens, compose ce numéro », dit-elle en lui ten-dant le magazine.

Daryl composa le numéro et Sherie Lee plaça le combiné du téléphone dans le modem.

Ils avaient tous les deux les yeux fixés sur l'écran. Mais rien ne se produisit. Sherie tapota sur sa machine.

« Il y a quelque chose qui cloche... Nous devrions recevoir une liste de produits... »

Tout à coup, au rez-de-chaussée, l'écran de télé-vision s'éclaira. Comme Elaine traversait le salon pour aller voir ce que faisaient les enfants, elle s'arrêta, médusée devant les titres de livres qui s'inscrivaient sur l'écran : PASSION DÉBRIDÉE, ORGIE D'AMOUR, LES DÉSIRS DE DANIELLE...

Au premier, dans la chambre de Sherie Lee, l'écran de l'ordinateur affichait la même liste.

« Voilà ! s'exclama Sherie Lee. C'est la vente par ordinateur ! Le dernier cri de la technique ! Tu entres ton nom et ton adresse dans l'ordinateur, et le message est reçu à l'autre bout. Une imprimante remplit une fiche d'expédition et établit la facture. Il suffit d'appuyer sur les touches et, hop ! tu reçois un de ces bouquins ! Tu peux aussi utiliser l'ordinateur pour des choses plus simples, pour parler à un ami par exemple. »

Cette leçon d'informatique fut interrompue par un violent coup de klaxon. Puis Daryl entendit Turtle hurler son nom.

Sherie Lee remit le combiné du téléphone en place, Daryl caressa le modem.

« Il faut que j'aille participer à ce jeu...

— Ce n'est pas un simple jeu, fit remarquer Sherie Lee. Bull MacKenzie et ton père... enfin, Andy, se détestent. Et tous les ans, c'est l'équipe de Bull qui gagne. Mon père dit que c'est un vrai combat de coqs.

— Qu'est-ce que c'est qu'un combat de coqs ? »

Sherie Lee le regarda avec étonnement.

Les coups de klaxon se multipliaient. Voyant que Sherie Lee ne paraissait pas disposée à répondre à sa question, Daryl dégringola l'escalier et monta dans la voiture.

La voiture était bourrée d'équipements de baseball, sans compter les quatre autres membres de l'équipe des « Mohicans » qui s'y trouvaient aussi. Daryl s'installa à l'avant, chaleureusement accueilli par ses camarades. Impatient d'en découdre, Andy accéléra brutalement et démarra dans un crissement de pneus.

En chemin, il s'arrêta devant une banque pour prendre de l'argent. Il laissa les garçons dans la voiture mais fit signe à Daryl de l'accompagner. Il lui passa un bras autour des épaules et l'entraîna vers le distributeur automatique.

« Tu prendras le quatrième tour de batte, okay ? Si Jody tient jusque-là... »

Andy glissa sa carte dans la fente et tapa sur le

petit clavier. Daryl se hissa sur la pointe des pieds pour lire ce qui venait de s'inscrire en lettres vertes luminescentes sur l'écran de la machine : SOLDE INSUFFISANT.

« Oh, encore ! grogna Andy. Voilà que ça recommence. Je dois avoir au moins quinze cents dollars sur mon compte ! »

Daryl lui prit la carte des mains.

« Quel est ton numéro de code ?

— Cet ordinateur déraille toujours ! gémit Andy.

— Les ordinateurs ne font jamais d'erreur, répliqua Daryl. Ce sont les gens qui en font. Tu as peut-être tapé ton code de travers ?

— Vingt-huit, vingt-deux », répondit Andy.

Il fouilla ses poches pour voir s'il avait assez d'argent liquide sur lui.

Pendant ce temps, Daryl pianotait rapidement sur les touches.

« Combien veux-tu retirer ? demanda-t-il.

— Tu as réussi ? Formidable ! Prends-moi cent dollars. »

Daryl pianota encore et de la fente du distributeur jaillirent cinq billets de vingt dollars.

« Combien me reste-t-il ?

— Oh... suffisamment », répondit Daryl en voyant s'inscrire sur l'écran le compte de Mr. et Mrs. Andrew G. Richardson dont le crédit s'élevait à quatorze cents dollars.

Avec un sourire malicieux, l'air concentré, il se mit à taper une série de chiffres à une vitesse incroyable.

Cette opération eut pour résultat d'ajouter un zéro au compte des Richardson. Quatorze mille dollars ! Daryl contempla ce chiffre pendant un bref instant puis il appuya de nouveau sur une touche. Un deuxième zéro vint s'y ajouter. Andy, après avoir fourré les cinq billets dans sa poche, était retourné à la voiture.

« Viens, Daryl. Dépêche-toi ! »

Mais Daryl hésitait : Devait-il encore ajouter un zéro ? Au diable l'avarice ! se dit-il, et il enfonça de nouveau une touche. Un million quatre cent mille dollars, afficha l'écran.

Et tandis qu'il allait rejoindre les autres, il entendit la voix métallique de la machine qui disait : « Merci de votre fidélité à la banque United. » Daryl sourit et marmonna : « Merci à vous ! »

CHAPITRE VII

La partie était sur le point de commencer. Les
« Warriors » allaient de nouveau affronter les
« Mohicans ».

Quand Andy et les garçons arrivèrent, l'équipe
adverse finissait de s'échauffer. Les « Warriors »
étaient placés sous le commandement de Bull Mac-
Kenzie, un homme au cou de taureau et au regard
halluciné. Avec leurs tenues immaculées et leur
discipline militaire, les « Warriors » faisaient l'envie
de toutes les équipes rivales.

Le laisser-aller et l'anarchie qui régnaient chez
les « Mohicans » étaient cependant compensés par
leur détermination. Andy s'approcha fièrement de
Bull MacKenzie.

« Eh bien, bonne chance, Bull, fit-il en lui ten-
dant la main.

— Bonne chance ? Ce n'est pas la chance qui
nous a permis de gagner le championnat trois ans
de suite. C'est le travail. La discipline et le travail.
La chance, c'est bon pour les perdants, Richardson », répliqua MacKenzie, sans prendre la main
qu'il lui tendait.

Andy n'en perdit pas pour autant son sourire.
Turtle arrivait justement au pas de course :

« La mère d'Arkoff a oublié les sodas ! On n'a rien

à boire, et on n'a pas de glace ! » annonça-t-il, hors d'haleine.

Bull MacKenzie regarda Andy avec mépris. « Ce n'est rien à côté de ce qui vous attend », avait-il l'air de dire. Quant à Andy, il se sentait capable de régler ce problème.

« Écoute, Turtle, cours à la maison et demande à ta mère d'apporter à boire. Et en vitesse ! Il nous reste dix minutes avant le début de la partie. »

Turtle resta cloué au sol. Non, c'en était trop ! Il n'en pouvait plus, il allait s'écrouler !

« Je dois courir ? Alors que tu as une voiture ? » s'exclama-t-il.

Andy le foudroya du regard.

« Remue tes fesses, Turtle, si tu veux encore pouvoir t'asseoir dessus ! »

Turtle partit comme une flèche, en grommelant quelque chose que personne ne réussit à saisir.

Joyce, Elaine et Sherie Lee étaient dans la cuisine, en grande conversation.

« Dis-moi, demanda Joyce à Elaine, est-ce que Turtle lave lui-même ses slips et ses chaussettes ? »

Elaine ne put s'empêcher de pouffer à cette idée.

« Je ne te comprends pas, Joyce. Daryl est un gosse merveilleux. Pourquoi faut-il toujours que...

— Je sais bien qu'il est merveilleux », l'interrompit Joyce, qui se reprocha aussitôt ses doutes.

Turtle, qui arrivait en courant, recula pour écouter sans être vu.

« Mais il fait tout lui-même ! se plaignit Joyce. Je ne peux jamais l'aider en quoi que ce soit.

— Il cherche simplement à te faire plaisir. Il a peut-être l'impression qu'il te doit quelque chose.

— Mais, Elaine, tu te rends compte ? Il repasse ses affaires, il cire le parquet de sa chambre, il prépare lui-même son petit déjeuner ! Il ferait une meilleure mère que moi ! »

Turtle, conscient de n'avoir que quelques minutes pour accomplir sa mission, fit irruption dans la cuisine, pantelant.

« Des sodas ! De la glace ! Mrs. Arkoff a tout oublié ! Vite, le massacre va commencer dans cinq minutes !

— Des sodas ! De la glace ! » répéta Joyce, affolée.

Elles se mirent toutes les deux à rassembler frénétiquement le nécessaire.

« Rassure-toi, Joyce, tout finira par s'arranger. Et maintenant allons voir jouer ces enfants. »

Turtle, pensant à ce qu'il venait d'entendre, leur jeta à toutes les deux un étrange regard.

Lorsque Turtle, Joyce et Elaine arrivèrent sur le terrain avec leur chargement, les « Warriors » menaient déjà par trois à zéro. Jody et Johnson n'avaient marqué aucun point, et c'était maintenant à Daryl de prendre la batte. Andy l'encouragea d'une grande claque sur l'épaule. Hannibal et Arkoff, assis sur le banc de touche des « Mohicans », avaient l'air sombre. Leur moral était, lui aussi, à zéro.

« Ça va encore être notre fête cette année, marmonna Arkoff.

— On pourrait peut-être faire semblant d'être victimes d'une intoxication alimentaire ? » suggéra Hannibal.

Ils étaient si occupés à remâcher leur désespoir qu'ils ne remarquaient même pas l'optimisme d'Andy. Celui-ci encourageait une dernière fois Daryl.

« Ne t'inquiète pas. Frappe comme d'habitude. C'est tout. »

Daryl alla prendre position sur l'aire de renvoi. Installées sur les gradins, Joyce et Elaine le regardaient, penchées en avant, impatientes de voir ce qui allait se passer. C'était la première fois que les « Mohicans » avaient une chance de gagner. Mais Daryl ne paraissait pas savoir comment se tenir et manipulait sa batte avec une grande gaucherie.

« T'as déjà joué au base-ball ? fit l'attrapeur de balle en ricanant.

— Ça m'étonnerait ! cria l'arbitre.

— Non, mais regarde-le ! » s'exclama l'attrapeur.

Daryl avait vraiment l'air bizarre, comme égaré. Mais tout changea dès que son adversaire lança la balle.

L'œil fixé sur elle, Daryl pivota et la renvoya avec un grand bruit. La balle s'envola et... sortit du terrain. La voyant disparaître, Jody et Johnson tournèrent leur regard vers MacKenzie. Les sourcils froncés, il avait l'air soucieux. Quant à Daryl, il restait sans bouger, comme absent. La voix d'Andy le rappela à l'action.

« Cours, Daryl ! Cours ! Touche-les toutes ! »

Daryl obéit et fonça aussitôt.

La foule des spectateurs rugit. Pour la première fois les « Mohicans » se retrouvaient à égalité avec les « Warriors ». Trois à trois...

Au troisième tour, les « Mohicans » se trouvaient de nouveau à la traîne et Daryl de nouveau à la batte. Les bases occupées, le lanceur expédia sa balle mais trop haut et en dehors de l'aire de renvoi. Vif comme l'éclair, Daryl alla la cueillir et, encore une fois, l'envoya hors de vue. Un silence stupéfait s'abattit sur les gradins, suivi brusquement de véritables hurlements poussés par ses supporters. Joyce regarda Andy et Daryl qui sautaient sur place, fous de joie. D'une certaine façon, elle ne parvenait pas à partager leur enthousiasme. Tout ce qu'elle ressentait, c'était un vague sentiment de désespoir.

On épluchait des oranges, entre deux tours, et les « Mohicans » s'en partageaient les quartiers. Daryl tira Joyce par la manche, le visage radieux.

« Andy est tellement content ! Il dit que c'est la première fois qu'il mène.

— C'est vrai, répondit Joyce froidement. C'est seulement grâce à toi. »

Très surpris par son attitude, Daryl la vit détourner la tête puis s'en aller sans un regard en arrière. Turtle, qui avait tout entendu, fit signe à Daryl de le rejoindre.

« J'ai un tas de choses à te dire à propos des grandes personnes. Des choses très intéressantes. Ça fait des semaines que je voulais t'en parler.

— J'ai dû faire quelque chose de mal, remarqua Daryl. Joyce a l'air très fâchée contre moi.

— Non, elle n'est pas du tout fâchée, répondit Turtle, s'efforçant de le réconforter. Mais les grandes personnes, elles, veulent avoir l'impression que tu fais des progrès grâce à elles. Tu devrais faire des bêtises de temps en temps. Oh ! pas des bêtises terribles, juste ce qu'il faut pour qu'elles pensent qu'elles t'ont appris quelque chose. Tu vois ce que je veux dire ? C'est tout un art. »

Daryl considéra Turtle d'un air songeur. De loin, venant du terrain, on entendait des cris. Le score avait changé... « Warriors » neuf, « Mohicans » huit.

Mais Daryl et Turtle étaient tellement plongés dans leur conversation qu'ils ne s'en aperçurent même pas.

« Crois-moi, laisse ta chambre en désordre de temps à autre. Joyce a besoin de se sentir utile. Tu es toujours parfait, serviable, attentif... Je me demande comment j'arrive à t'aimer malgré tout ! » fit Turtle en éclatant de rire et en gratifiant Daryl d'une tape dans le dos.

Pendant ce temps-là, sur le terrain, les « Mohicans » achevaient leur sixième tour de batte. Le score n'avait pas changé, il était toujours de neuf à huit.

« Voilà, j'ai terminé mon speech, déclara Turtle. Morale de l'histoire : Sois insupportable quelquefois. Les parents doivent absolument être furieux contre leurs enfants par moments. Ils ne peuvent pas vivre sans ça. »

Ils échangèrent un grand sourire et regagnèrent leur banc.

Joyce vint reprendre sa place sur les gradins et suivit d'un air maussade la suite de la partie. Elle ne pouvait s'empêcher de se demander pourquoi Daryl était si différent des autres. Aurait-il jamais besoin d'elle ?

Elaine apparut tout à coup et vint s'asseoir à côté d'elle, visiblement surexcitée.

« Daryl est vraiment formidable, tu ne trouves pas ? »

Joyce la regarda tristement.

« Tu comprends maintenant ce que je voulais dire ? »

Elaine regretta aussitôt ses paroles.

La partie se poursuivait. Jody réussit un bon renvoi à la batte et, courant à perdre haleine, il toucha la première base et fonça vers la seconde. Un mauvais lancer des « Warriors » lui permit de faire le tour complet jusqu'à sa base de départ. Il n'avait jamais été aussi heureux de sa vie !

C'était maintenant au tour de Daryl. L'équipe attendait avec impatience qu'il leur assure une avance définitive. Le lanceur envoya sa première balle.

« Un, manqué ! » hurla l'arbitre.

Andy ouvrit de grands yeux horrifiés. Daryl ? Manquer la balle ?

Deuxième lancer, nouveau cri de l'arbitre :

« Deux, manqué ! »

Daryl se tourna vers lui et cria :

« Manqué ? Vous n'avez pas les yeux en face des trous ? »

Fou de rage, l'arbitre explosa :

« Encore une remarque de ce genre, et on n'entendra plus jamais parler de toi ! Compris ? »

Faisant fi de la menace, Daryl se tourna vers le lanceur. Celui-ci se balança en arrière et lança sa troisième balle.

« Trois, manqué ! Point pour les "Warriors" ! » annonça l'arbitre.

Désespéré, Turtle ferma les yeux. Il n'avait pas demandé à Daryl de commencer à commettre des fautes dès maintenant ! Comme Daryl quittait le terrain, Turtle courut vers lui.

« Écoute, lui dit-il tout bas, inutile de saboter la partie. Je veux dire... »

Daryl le regarda gravement.

« A ton avis, ce match est plus important que Joyce ? »

Et il regagna son banc.

Trois fautes, songeait Joyce, brusquement soulagée. Après tout, son garçon n'était pas infaillible.

Peut-être avait-il besoin d'une consolation mater-nelle ?

Arrivé sur son banc, Daryl jeta sa batte par terre.

« Qu'est-ce qui s'est passé ? » lui demanda Andy.

Pour toute réponse, Daryl haussa les épaules. Andy le pressait de questions quand Joyce fit son apparition.

« Ce jeu est sans intérêt ! s'écria Daryl, rouge de colère tout à coup. Ce n'est pas du base-ball, c'est un combat de coqs !

— Quoi ? s'exclamèrent de concert Andy et Joyce.

— Daryl ! lui reprocha Joyce d'un ton sévère, en voilà une façon de parler à Andy !

— Qu'il aille se faire foutre ! » cria Daryl, qui leur tourna le dos et s'éloigna.

Andy en resta pétrifié. Il n'aurait jamais pensé que Daryl pouvait se montrer aussi grossier.

« Je n'arrive pas à y croire..., marmonna-t-il en secouant la tête. Daryl. Attends ! Reviens ! » cria-t-il.

Choquée que Daryl se soit permis de s'adresser de cette manière à Andy, Joyce se sentait en même temps heureuse. C'est vrai, il n'avait pas le droit de lui manquer de respect, mais c'était quand même un agréable changement, qui lui donnait l'impression de respirer.

Comme elle se rapprochait d'eux, elle entendit Andy qui disait à Turtle :

« Eh bien voilà, c'est fichu...

— On pourrait peut-être conclure un marché avec Daryl, suggéra Turtle. Il reprend la batte et, en échange... tu vas te faire foutre ! »

Les membres de l'équipe, qui avaient été témoins de l'incident, éclatèrent de rire, mais la réplique de Joyce les calma :

« Andy tient tellement à cette victoire qu'il serait capable d'accepter ! »

Joyce trouva enfin Daryl, loin du terrain de jeu. Il marchait la tête basse, poussant un caillou devant lui avec son pied. Joyce lui posa gentiment la main sur l'épaule. Daryl se tourna lentement vers elle.

« Daryl, mon chéri... nous devrions peut-être parler...

— J'ai tout gâché, non ?

— Tu sais, ça arrive à tout le monde... Pour une fois, ce n'est pas si grave...

— Oui, c'est ce que Turtle... euh, je veux dire, c'est bien ce que je pensais. Mais... tu es vraiment sûre que... ce n'est pas grave ? ajouta-t-il, anxieux.

— Bien sûr. Seulement..., bredouilla Joyce qui cherchait ses mots, tu comprends, ton langage... »

Pensant à ce qu'il avait dit, Daryl répondit en la regardant dans les yeux :

« Ce n'était pas très joli, hein ?

— Ma foi..., fit Joyce en secouant la tête.

— Excuse-moi, Joyce. La prochaine fois que je ferai une bêtise, je surveillerai mon langage. »

Daryl était à la fois troublé et mécontent de son propre comportement. Remarquant sa tristesse, Joyce le serra contre elle. Il lui rendit son étreinte et ils se sourirent. Puis Daryl s'éloigna et Joyce le suivit des yeux, se posant mille questions au sujet de cet enfant si étrange et si cérémonieux.

Daryl regagna le terrain. La partie en était au dernier tour de batte. Les « Mohicans » avaient deux points de retard. Turtle était à la batte, Hannibal sur la deuxième base, Arkoff sur la troisième. Turtle prit la batte et se mit en position. Il manqua le premier lancer.

Daryl observait le jeu avec inquiétude. Le

deuxième lancer suivit. La batte de Turtle frappa sèchement la balle et l'expédia en une belle parabole au-dessus du terrain. La foule hurla tandis que Turtle s'élançait, et qu'Arkoff et Hannibal partaient en un sprint effréné pour atteindre leur camp avant que l'adversaire ait pu récupérer la balle. Bull MacKenzie, rouge comme une tomate, encourageait ses joueurs.

La foule se tut soudain : un « Warrior » venait de sauter pour se saisir de la balle. Mais celle-ci lui échappa et s'en alla rouler plus loin. Arkoff venait juste de toucher sa base ! Hannibal suivit ! Turtle, lui, n'avait plus que quelques mètres à parcourir. Le joueur des « Warriors » put enfin se saisir de la balle et il s'apprêtait à la relancer dans son camp quand Turtle, follement encouragé par Andy et toute l'équipe, plongea la tête la première sur sa base de départ.

Un rugissement monta des gradins. Trois points ! Les « Mohicans » gagnaient la partie d'un point !

Daryl sauta en l'air en hurlant de joie. Turtle jeta sa casquette par terre et regarda autour de lui, comme s'il doutait que ce soit bien Daryl qui avait poussé ces cris de joie.

La victoire plongea Andy dans le délire. Il se mit à courir de tous les côtés, étreignant les joueurs, leur tapant dans le dos et essayant de localiser Daryl. Même MacKenzie, le taureau, dans un effort pour appliquer les règles du fair-play, vint serrer la main d'Andy et le féliciter avec un sourire contraint plaqué sur la figure.

Andy réunit son équipe pour fêter la victoire, et le photographe du journal local prit un cliché des « Mohicans » victorieux pour l'édition du soir.

CHAPITRE VIII

LE service de presse du Pentagone opérait vingt-quatre heures sur vingt-quatre, grâce à une machinerie complexe qui dépouillait les informations fournies par les journaux du monde entier. Dans un sourd bourdonnement, les ordinateurs analysaient toutes les nouvelles relatives à la sécurité nationale. Ils repéraient et photocopiaient automatiquement tous les passages où figuraient des mots tels que : « soviétique », « sécurité », « infiltration », etc.

Dès que la photocopie était faite, un message supplémentaire s'y inscrivait :

CONSULTER SECTION D2. SUPPLÉMENT D'ENQUÊTE A ARLINGTON... PRIORITÉ AU DÉPARTEMENT « Y » DU PENTAGONE...

La Semaine de Barkenton fut introduit dans la machine pour examen. En première page se trouvait une photographie de Daryl et de Turtle sous le titre « LES "WARRIORS" S'INCLINENT DEVANT LES "MOHICANS" ». L'ordinateur isola Turtle pendant un instant, puis passa à Daryl. Il l'examina ensuite de plus près. Puis de plus près encore. A une vitesse défiant le regard, il fit alors défiler une série de photographies d'enfants et s'arrêta sur l'une d'elles. C'était une photographie de Daryl. Tranquillement, la machine enregistra cette nouvelle information.

Et sur la photographie s'inscrivit le message suivant : CONSULTER TASCOM D'URGENCE... PRIORITÉ TASCOM...

Joyce s'était mis en tête d'apprendre le solfège à Daryl.

« Ces notes qui sont entre les lignes, lui expliqua-t-elle patiemment, c'est : *fa la do mi*. Mais seulement en clef de *sol*.

— Okay, fit Daryl en hochant la tête. Et celles-ci, c'est *mi sol si ré*.

— Exactement », dit Joyce avec un sourire ravi.

Daryl montra la page et répéta :

« Un temps, deux demi-temps, un quart de temps. »

Et de la main droite il commença à jouer, en déchiffrant les notes, une mélodie très simple.

Andy et son équipe étaient en train d'examiner les plans d'un bâtiment quand Howie arriva au chantier.

« Content de te voir, dit Andy. Tu veux une tasse de café ? Sers-toi, je reviens tout de suite.

— Andy, j'ai à te parler... »

Devant l'expression désespérée de son ami, Andy revint sur ses pas.

« Que se passe-t-il ?

— Les avocats des parents de Daryl se sont mis en rapport avec moi, répondit Howie d'une voix tremblante.

— Ses parents ?

— Ils le cherchent depuis des mois. J'ai bien peur qu'il n'y ait pas de doute possible, Andy. C'est leur fils. »

Andy ferma les yeux comme pour éviter de regarder en face la réalité. Daryl était le fils d'un autre...

CHAPITRE IX

Joyce avait reçu un véritable choc en apprenant l'existence des parents de Daryl. Pâle et défaite, elle était assise dans le bureau d'Howie, au centre de Barkenton. Andy était là aussi, privé de réaction. Les yeux perdus dans le vide, ils attendaient qu'Elaine ait terminé d'examiner la pile des papiers posés sur son bureau.

« Si seulement je voyais ce qu'on peut faire, dit Elaine. Je serais prête à essayer n'importe quoi... »

Andy sauta soudain sur son siège.

« Qu'est-ce qui prouve que c'est vraiment leur fils ?

— Il n'y a malheureusement pas de doute, Andy. Regarde... Même les photos... »

Il y avait des clichés sur son bureau, représentant Daryl à différents âges, tous pris sur un fond gris uniforme, comme pour des photos d'identité. Ces photos paraissaient étrangement impersonnelles et dénuées d'expression.

Joyce les regarda au moins pour la centième fois.

« Mais qu'est-ce qu'il peut bien avoir comme parents ? s'exclama-t-elle. Je veux dire... est-ce qu'ils l'ont jamais emmené ne serait-ce qu'une seule fois à la mer ? »

Joyce jeta les photographies sur le bureau et ne put réprimer un sanglot. Andy la prit dans ses bras pour la réconforter, mais il savait bien que c'était sans espoir.

Perdu dans ses pensées, Daryl regardait par la fenêtre de sa chambre. Andy passa la tête dans l'entrebâillement de la porte et entra, tremblant à l'idée de ce qu'il allait devoir dire à ce garçon qu'il en était venu à considérer comme son fils.

« Daryl..., commença-t-il doucement. Ça va ?

— Ça va très bien, merci, répondit gravement Daryl.

— Écoute... pouvons-nous parler un moment ?

— Bien sûr », répondit Daryl qui s'approcha et posa sur Andy un regard sérieux et attentif.

Andy s'éclaircit la voix, les yeux remplis de larmes.

« Je euh... J'ai pensé que... je veux dire qu'on pourrait peut-être... »

Il balbutiait, cherchant ses mots.

« Si tu t'asseyais ? suggéra Daryl.

— Oui, merci », fit Andy en s'installant sur le lit.

Il était un peu suffoqué de voir que, contrairement à toute attente, c'était Daryl qui s'efforçait de le mettre à l'aise.

« Je voulais seulement que tu saches... Ma foi, tu te doutes bien que tu vas nous manquer terriblement, à Joyce et moi...

— Je sais, répondit Daryl. Et vous aussi, vous allez me manquer. »

Andy poursuivit, les yeux fixés sur le plancher :

« Enfin... tu vas rentrer chez toi... tu devrais en être heureux...

— C'est ce que je me dis, Andy, mais... cela ne

signifie absolument rien pour moi ! déclara-t-il, étrangement troublé.

— Tu verras, Daryl, ça changera quand tu seras de nouveau là où... quand tu seras chez toi. »

Daryl le regarda tristement.

« J'ai l'impression que chez moi, c'est ici... »

Andy détourna la tête pour lui cacher ses larmes. Il s'essuya les yeux et lui passa un bras autour des épaules.

« Tes parents t'aiment, Daryl. Ce sont tes vrais parents et ils te cherchent depuis des mois. Ils veulent que tu reviennes chez eux, bien sûr, et c'est...

— Mais si moi j'ai envie de rester ici, avec vous ? l'interrompit Daryl.

— Les enfants appartiennent à leurs parents...

— Comme ta voiture t'appartient ?

— Non, oh ! non, pas comme ça, protesta Andy, essayant de se convaincre lui-même. Écoute... je suis sûr qu'une fois chez toi la mémoire te reviendra... Tu te rappelleras un tas de bonnes choses, tu retrouveras tes amis... Tu verras, tout ira bien.

— Papa... euh... je veux dire, Andy...

— Oui... ?

— Je ne vais pas vous oublier, n'est-ce pas ?

— Bien sûr que non ! Et nous continuerons à nous voir », lui assura Andy en le serrant contre lui.

Mais il n'en paraissait pas très convaincu lui-même...

Joyce entra à son tour et ils restèrent là tous les trois, silencieux, songeant avec tristesse qu'ils étaient peut-être réunis pour la dernière fois. Joyce, qui regardait par la fenêtre, écarta lentement le rideau en voyant une conduite intérieure d'un modèle récent s'arrêter devant la maison.

Ce doit être la mère de Daryl, pensa Joyce, vaguement mal à l'aise, en observant la femme d'une trentaine d'années à l'allure énergique qui était derrière le volant. L'homme qui était assis à côté d'elle paraissait beaucoup plus âgé.

« Ils ont l'air vraiment très gentils », dit-elle à Daryl, en s'efforçant de faire bonne figure.

Elle tira sur le pull-over du garçon et vérifia sa tenue.

« Bon, il serait difficile de faire mieux, dit-elle avec un semblant de sourire. Ça va ? Tu es prêt ? »

Daryl hocha gravement la tête, ne comprenant pas très bien ce qu'on attendait de lui.

« Alors, si on se préparait maintenant à faire un grand sourire à son papa et à sa maman ? »

Ils sortirent tous les trois, main dans la main. Avant qu'on ne ferme la porte de sa chambre, Daryl jeta un dernier regard en arrière et poussa un grand soupir.

Ellen Lamb et le Dr Jeffrey Stewart étaient descendus de voiture et arrivaient devant la maison.

Andy alla leur ouvrir la porte.

« Mr. Richardson ? Je suis Jeffrey Stewart. Et voici ma femme, Ellen.

— Heureux de faire votre connaissance, dit Andy. Entrez, je vous en prie... »

Il observa le couple avec curiosité. L'homme paraissait vif, intelligent, et plus doux que sa femme qui avait quelque chose de froid et de distant.

Andy les fit entrer dans le salon. Le Dr Stewart, agité, se mit à marcher de long en large.

« Il vous tarde certainement de revoir votre fils, remarqua Andy.

— Est-ce que Daryl... Est-ce qu'il va bien ? demanda Stewart.

— C'est un petit bonhomme extraordinaire, répondit Andy avec enthousiasme. Nous... c'est-à-dire nous vous envions d'avoir un fils pareil. Il va descendre tout de suite. Il doit être un peu... nerveux. Vous savez bien comment sont les enfants.

— Daryl, nerveux ? fit Stewart, visiblement très surpris.

— Puis-je vous offrir quelque chose à boire ? » demanda Andy sans répondre à la question.

Stewart déclina d'un signe de tête.

« Mr. Richardson, je tiens à vous dire combien ma femme et moi nous apprécions la bonté que vous avez témoignée à Daryl.

— Oh ! Cela n'a pas été bien difficile. Daryl est un gosse épatant », répondit Andy en souriant tristement.

Stewart lui lança un regard étrange, perçant et inquisiteur.

« Vous vous êtes beaucoup attaché à lui, on dirait.

— Le mot est faible. Il va nous manquer énormément. A ma femme comme à moi. Oui, énormément. »

Stewart lui lança de nouveau un regard perçant, puis il hocha la tête, comme si l'attachement d'Andy pour Daryl lui procurait une espèce de satisfaction particulière.

« Oui, bien sûr. Il va vous manquer. Je comprends. »

Le Dr Stewart jeta à sa femme un regard de triomphe qu'Andy intercepta et qui l'intrigua grandement. Ellen Lamb en parut troublée.

Un bruit de pas mit fin à la gêne qui venait de s'installer : Joyce et Daryl entraient dans le salon.

Sans un mot, Daryl observa ses parents avec une grande attention.

Le Dr Stewart vint vers lui, se baissa et plongea ses yeux dans ceux du garçon.

« Daryl ? Tu te souviens de nous ? »

Faisant visiblement un effort de mémoire, Daryl regarda tour à tour Stewart et sa mère qui attendait à l'écart, avec un sourire.

« Je crois... oui », finit par répondre Daryl.

Ellen s'approcha de lui, mais sans le toucher.

« Tout se passera bien, Daryl. Ne t'inquiète pas. Veux-tu aller chercher tes affaires ? Nous n'allons pas tarder à partir. »

Son ton aimable mais impersonnel c'était plutôt celui d'une infirmière ou d'une gouvernante, pas du tout celui d'une mère privée de son enfant depuis des mois.

Joyce se mordait la lèvre et les observait en retenant son souffle.

Daryl tourna brusquement la tête vers elle.

« Et Turtle, il ne vient pas ? Je pourrai lui dire au revoir, non ? »

On aurait dit qu'il allait se mettre à pleurer.

Turtle était chez lui, tout aussi bouleversé que Joyce et Andy par le départ de Daryl. Sa mère essayait de le convaincre de trouver le courage d'aller affronter des adieux pénibles.

« C'est normal, Turtle, de souffrir quand on perd un ami. Mais tu ne peux pas t'esquiver sans lui dire au revoir. Il t'attend. Il a sûrement besoin de toi pour...

— Mais maman... ! gémit Turtle.

— Tu le lui as promis ! Allez, viens avec moi. On va tout de suite aller lui montrer que tu ne l'as pas déjà oublié. »

Turtle baissa la tête, honteux de sentir une larme ruisseler sur sa joue.

« Allons-y », dit Elaine en l'entraînant.

« Daryl, si tu allais chercher tes affaires ? » suggéra Ellen Lamb.

Les adultes s'efforçaient péniblement de meubler la conversation. Daryl monta dans sa chambre et regarda par la fenêtre dans l'espoir d'apercevoir son ami Turtle. Ses affaires étaient déjà prêtes, emballées dans un sac de sport posé sur le lit. Daryl retourna à la fenêtre et, tout à coup, il vit Turtle qui arrivait avec sa mère. Il se précipita dans l'escalier à la rencontre de son ami.

Turtle avait les larmes aux yeux. Il s'essuya le nez sur sa chemise. Quand il aperçut Daryl qui l'attendait déjà devant la maison, il s'arrêta net.

« Je ne pourrai jamais supporter ça ! » s'écria-t-il.

Brusquement, il fit demi-tour et s'enfuit en courant.

Le temps qu'Elaine se retourne, Turtle était déjà loin.

« Turtle ! » s'écria-t-elle.

Daryl n'en croyait pas ses yeux. La disparition de son ami le troublait et le blessait à la fois.

Le Dr Stewart l'appela.

« Daryl ! J'ai vu ce qui s'est passé, lui dit-il gentiment. Est-ce que tu comprends pourquoi ton ami a fait ça ? »

Daryl secoua la tête.

« Il est fâché contre moi ?

— Non, je pense au contraire que tu vas lui manquer et qu'il n'a pas le courage de te dire au revoir. »

Daryl regarda de nouveau dans la direction où

avait disparu Turtle tout en réfléchissant à l'explication que venait de lui donner Stewart. Elaine levait les bras au ciel, en signe d'excuse et d'impuissance.

« Est-ce que tu te rends compte de ce qu'il doit ressentir ? » poursuivit Stewart.

Daryl hocha lentement la tête.

« Oui. Je crois...

— C'est bien, Daryl, approuva Stewart avec fierté. C'est très bien. »

Il le prit par l'épaule et l'entraîna jusqu'à la voiture.

Turtle sanglotait au coin de la rue, caché derrière une maison. En entendant le moteur tourner, il sortit la tête pour regarder la voiture.

« Je n'arrive pas à croire qu'il est vraiment en train de partir », dit-il en pleurant et se cachant la tête dans les mains.

Elaine le prit dans ses bras pour essayer de le consoler.

« Là, là... Ne pleure plus, Turtle...

— Au revoir », dit Daryl, en agitant gravement la main par la vitre arrière de la voiture.

Aveuglée par les larmes, Joyce détourna la tête. Andy alla poser sa main sur la vitre et Daryl en fit autant de l'autre côté. Puis la voiture démarra et disparut au coin de la rue.

CHAPITRE X

Alors qu'il s'éloignait de Barkenton et de cette maison qui était devenue son foyer, tout seul à l'arrière de la voiture, Daryl se sentait triste, mais également très curieux de savoir ce qui l'attendait. Le Dr Stewart et Ellen Lamb étaient assis devant, raides et silencieux. Après avoir roulé environ une heure, la voiture se dirigea vers ce qui semblait être une petite base aérienne militaire.

« Nous allons prendre l'avion ? s'exclama Daryl à la vue du Grumman stationné sur la piste. Nous allons voler avec cet appareil ? »

Sa curiosité, maintenant, frisait l'enthousiasme.

En voyant la voiture approcher, un pilote en civil descendit de l'appareil et se mit au garde-à-vous. Il leur ouvrit les portières et Daryl sauta à terre, impatient d'examiner l'avion. Il en fit le tour et le regarda sous tous ses angles.

« Eh bien, Ellen, qu'en pensez-vous ? demanda Stewart en observant Daryl.

— Franchement, docteur, je trouve cela remarquable », répondit-elle tranquillement.

Tandis que Daryl goûtait les premières heures de sa nouvelle vie, son ancienne « famille » essayait de se consoler de son départ. Ils discutaient avec Elaine et Howie dans la cuisine.

« Il y a quelque chose qui me dépasse, déclara Andy. Vous avez remarqué qu'ils n'ont posé aucune question ? Je veux dire, à propos de Daryl ?

— C'est comme ces photos qu'on nous a montrées, approuva Joyce. Tellement impersonnelles... Juste Daryl devant un mur...

— On aurait dit qu'ils avaient hâte de partir avant qu'on ait le temps de leur demander quoi que ce soit, reprit Andy, songeur. Qu'est-ce que tu en penses, Howie ? »

Celui-ci secoua la tête.

« Écoute, je comprends très bien ce que tu ressens...

— C'est un choc terrible, fit Elaine, mais vous y étiez quand même préparés. Vous saviez bien que cela devait arriver un jour ou l'autre.

— Nous vous trouverons un autre enfant, leur promit Howie. Vous verrez que vous n'aurez même pas le temps de...

— Non ! s'écria Joyce. Je ne veux pas d'autre enfant ! Je veux Daryl ! »

Le Dr Stewart alluma une cigarette.

« Est-ce que je peux aller voir le pilote maintenant ? demanda Daryl, surexcité par ce voyage en avion.

— Bien sûr, répondit Stewart avec un sourire. Et fais-toi expliquer tout ce que tu voudras. »

Daryl entra dans le cockpit où il trouva le pilote et le copilote assis côte à côte. Le pilote se retourna et lui sourit.

« Hello, Daryl. Viens voir. Tu veux apprendre à manœuvrer cet engin, hein ?

— Je trouve ça très intéressant, répondit Daryl, les yeux rivés sur le tableau de bord.

— Okay. Ça c'est l'altimètre, là tu as l'indicateur de vitesse..., dit le pilote en lui montrant tour à tour les boutons et les divers instruments qu'il avait devant lui. Ça, c'est l'indicateur de niveau d'horizon. Et ceci, c'est la commande des ailerons ; avec le manche à balai, ce sont les mécanismes de base du pilotage... »

Daryl suivait ses explications avec une attention passionnée.

De l'autre côté de la porte, Stewart célébrait tranquillement sa victoire en sirotant un verre.

« Le plus extraordinaire, dit-il à Ellen, c'est que nous avons réussi par hasard quelque chose que nous n'aurions jamais osé essayer : le livrer à lui-même pour voir ce qui allait se passer. Le "kidnapping" du Dr Mulligan, c'est ce qu'il aura fait de mieux dans toute sa carrière !

— Vous aviez raison quant à sa capacité d'assimilation, approuva Ellen.

— Non, je me trompais, riposta Stewart. Je le soupçonne d'en avoir appris beaucoup plus que tout ce que j'aurais pu supposer.

— Même en tenant compte du facteur amnésie, renchérit Ellen.

— C'est un petit bonhomme bien particulier », remarqua Stewart, songeur.

« Aux observations fournies par l'ordinateur doivent s'ajouter celles que l'on fait soi-même. Voici la carte de navigation, où tu trouveras notre position actuelle, continuait le pilote.

— Nous sommes là, non ? fit Daryl en pointant un endroit sur la carte.

— Hé ! mais c'est que tu apprends vite ! s'exclama le pilote en riant. Maintenant, tu insères les coordonnées de base : vitesse, force du vent, heure, et tu demandes à l'ordinateur de calculer... expliqua-t-il en tapant sur une série de touches.

— Et le chiffre obtenu doit correspondre en gros à vos propres calculs, c'est-à-dire... 28 394... 28 396 », corrigea-t-il aussitôt après avoir consulté la feuille qui sortait de l'imprimante.

Le copilote arracha la feuille et vérifia le chiffre, sidéré.

« Ma foi, je veux bien être..., bredouilla-t-il.

— Hé ! vous n'avez plus qu'à lui laisser votre place, Harry ! » s'exclama le pilote en riant.

Le regard fixé sur les panneaux de contrôle, Daryl marmonna :

« Alors si je voulais retourner chez moi, je n'aurais qu'à fournir les coordonnées à l'ordinateur et à brancher le pilote automatique... »

Le pilote le regarda et hocha la tête :

« Tout juste. Tu lui donnes ton programme et tu le renvoies au centre de contrôle automatique... »

Les bras sagement le long du corps, Daryl ne touchait à rien. Mais, brusquement, l'avion vira sur l'aile et amorça un virage à cent quatre-vingts degrés, en direction de Barkenton, leur point de départ.

Le pilote et le copilote, stupéfaits, réagirent aussitôt.

« Contrôle manuel ! ordonna le pilote.

— Contrôle manuel enclenché », confirma le copilote.

Le pilote prit les commandes et remit l'appareil sur sa trajectoire. Puis les deux hommes se regardèrent, très troublés, incapables de s'expliquer ce brusque changement de direction.

« Tu ferais mieux de rejoindre tes parents avant

qu'on ne rencontre de nouveau un de ces fichus...
trous d'air », conseilla le pilote à Daryl.

Le garçon eut un sourire poli.

« Merci de m'avoir montré tout ça. »

Le copilote le fit sortir en vitesse du cockpit.
Puis, encore tout pâle, il se tourna vers son collègue.

« Bon sang de bois ! Qu'est-ce qui a bien pu se
passer ? » s'exclama-t-il.

Daryl regagna tristement la cabine des passagers.
Comme le Dr Stewart et Ellen Lamb, plongés dans
leur conversation, ne l'avaient pas vu arriver, Daryl
les écouta, immobile et silencieux.

« Quoi que nous fassions, docteur, il ne pourra
jamais être considéré comme normal, disait Ellen.
C'est bien ainsi que nous l'avions compris quand
nous... »

Stewart lui fit brusquement signe de se taire : il
venait de remarquer que Daryl les écoutait avec
une inquiétude visible.

« Eh bien, Daryl, tu as vu tout ce que tu voulais
voir ?

— Oui, merci.

— Pourquoi ne viens-tu pas t'asseoir ? Ellen... ta
maman va te donner un jus de fruit, ou autre chose
si tu préfères. »

Daryl s'installa sans enthousiasme.

« Qu'est-ce que tu veux boire, Daryl ? » demanda
Ellen.

Daryl avait les yeux fixés sur le sol. Soudain, il
leva la tête et regarda bien en face ces deux étrangers.

« Vous êtes vraiment mon père et ma mère ? »
leur demanda-t-il.

Leur embarras ne lui échappa pas. Ellen essaya

de le rassurer, mais son expression était un vivant démenti à ses paroles :

« Oui, Daryl, nous sommes tes parents », répondit-elle.

Daryl détourna la tête, et se mit à contempler les nuages par le hublot, sans rien dire.

CHAPITRE XI

Le bâtiment qui abritait les services du TASCOM, une division du Pentagone, énorme structure de béton et de verre fumé, avait l'air d'un mirage en plein désert. On apercevait des voitures, garées dans cet endroit perdu, mais aucune trace de vie humaine.

A l'intérieur de ce bâtiment futuriste, dans une grande salle sphérique brillamment éclairée par des murs translucides entrecoupés de fenêtres d'observation, Daryl était allongé, inconscient, sur une plaque d'acier, attaché comme un spécimen sous verre dans un musée d'histoire naturelle. Un appareil radioscopique en forme d'arc se déplaçait lentement au-dessus de lui.

Le Dr Stewart, en blouse blanche, se tenait debout devant une console de commandes, entouré de quelques assistants. Il toucha un bouton. Un étrange bras mécanique en forme de U inversé se détacha silencieusement de la paroi et vint s'arrêter à quelques centimètres de Daryl. Ellen Lamb, debout derrière le Dr Stewart, avait les yeux rivés sur la silhouette menue et désarmée de l'enfant.

Le Dr Stewart regarda l'écran de télévision situé à sa droite. Une image, à la définition particulièrement fine, apparut sur l'écran. Le « scanner » continua de se déplacer, passant du cœur de Daryl à son crâne. Mais au lieu de faire apparaître les circonvolutions organiques d'un cerveau humain, il mit en évidence quelque chose de beaucoup plus symétrique, un labyrinthe formé d'une multitude de microprocesseurs...

Le cerveau de Daryl était un ordinateur !

Stewart régla l'image pour l'avoir en plus gros plan.

« Le problème est quelque part par là, dit-il en manipulant encore quelques touches de contrôle. Il faut centrer l'image sur cette petite zone-là. »

Il poussa une autre touche et des lignes apparurent, en provenance des différents circuits, avec une référence à l'extrémité de chacune d'elles.

« Le voilà ! dit Stewart en désignant le code rouge et blanc qui clignotait à l'écart des autres sur l'écran.

— Pouvez-vous réactiver la mémoire sans vous livrer à une opération chirurgicale ? demanda Ellen.

— Selon moi, le Dr Mulligan a dû provoquer une surcharge spécifique, tout en évitant de la détruire, répondit Stewart. J'imagine qu'il envisageait une étape où Daryl prendrait conscience de ce qu'il est. De toute façon, nous allons bientôt le savoir. »

Stewart reprit ses manœuvres et des images de plus en plus détaillées apparurent sur l'écran. Le visage de Daryl était parcouru de frémissements, ses paupières étaient agitées, mais il n'ouvrait pas les yeux. Un bourdonnement électrique remplit soudain la pièce. Stewart détourna un instant son regard de l'écran pour observer Daryl.

« Okay. Essayons de lui parler maintenant », dit-il.

Il fit pivoter son siège pour se trouver face au

clavier d'un autre ordinateur. Il pianota une question qui s'inscrivit sur l'écran : COMMENT T'APPELLES-TU ?

La réponse apparut sur l'écran : DARYL.

Stewart attendit un moment, puis pianota de nouveau : RÉPONSE INCOMPLÈTE, DÉVELOPPEZ S'IL VOUS PLAIT.

Il y eut une pause, puis le nom réapparut avec un point entre chaque lettre : D.A.R.Y.L.

Stewart jeta un coup d'œil à Ellen Lamb, visiblement satisfait et soulagé. Il poussa aussitôt plus loin : S'IL VOUS PLAIT EXPLIQUEZ LE SIGLE.

L'écran s'alluma, et la réponse apparut : DATA-ANA-LYSING ROBOT YOUTH LIFE-FORM[1]. Stewart regarda de nouveau Ellen avec cette fois une expression de triomphe. Puis il tapa un dernier message sur le clavier : JOYEUX RETOUR PARMI NOUS, D.A.R.Y.L. Un moment plus tard, la réponse apparut : MERCI, MONSIEUR.

Le test était terminé. On emmena Daryl hors de la salle d'opération.

Le soir tombait dans la salle des ordinateurs où des rangées de machines fonctionnaient dans un bourdonnement permanent. Le sigle D.A.R.Y.L. s'étalait sur toute la largeur d'un mur. Ellen était en train d'examiner les mètres de listing déversés par une imprimante. Stewart se mit à lire par-dessus son épaule.

« Franchement, dit-il, je commence à comprendre le Dr Mulligan... »

Sans lever les yeux, Ellen répliqua :

« Jusque-là, je l'avais pris pour un homme de science...

— Votre obstination à considérer Daryl uni-

1. « Robot à données analytiques en forme de jeune être humain. »

quement comme une machine m'étonne, Ellen.

— C'est pourtant bien ce qu'il est, docteur : une machine.

— Le Dr Mulligan était convaincu que nous avions créé quelque chose de plus. C'est bien pourquoi il voulait nous empêcher de continuer nos recherches.

— C'est ce que vous pensez aussi, docteur ? demanda Ellen.

— Non. Mais il est vrai que nous avons franchi une barrière. Daryl a dépassé de loin les capacités de son programme.

— C'est votre point de vue, riposta Ellen.

— Je relève le défi, dit Stewart. Nous allons bien voir. »

Stewart et Ellen Lamb se rendirent dans une salle de projection vidéo. Ils firent d'abord passer sur l'écran le souvenir, conservé dans les circuits du cerveau de Daryl, de sa partie de Pole Position.

« C'est stupéfiant, reconnut Ellen en observant la façon dont Daryl se rendait maître du jeu.

— Voyons maintenant si nous pouvons obtenir de lui des précisions sur son processus d'apprentissage », proposa Stewart.

Il appuya sur un bouton et Daryl, réveillé et alerte, fit son apparition dans la salle vidéo. Il s'assit entre Stewart et Ellen, devant l'écran où l'on avait arrêté le film sur une image de lui en train de jouer à Pole Position.

« Qu'est-ce que tu as ressenti en te découvrant un don pour ce jeu ? » lui demanda Stewart.

Daryl réfléchit un instant et répondit :

« Je n'ai rien ressenti... j'ai seulement... joué.

— Okay, dit Stewart en appuyant sur une autre touche. Voyons le jeu de base-ball, maintenant. »

Les « Mohicans » et les « Warriors » apparurent

sur l'écran. Daryl était à la batte. Il frappa la balle et l'expédia hors du terrain.

« Pourquoi as-tu changé ta façon de jouer après ta conversation avec Turtle, ce jour-là ? » demanda Stewart.

Daryl réfléchit encore avant de répondre :

« J'ai interprété les données fournies par Turtle, d'où il apparaissait qu'en certaines circonstances l'erreur était plus efficace que la réussite.

— En quelles circonstances ? insista Stewart.

— Celles qui concernent les relations avec les autres », répondit Daryl.

Stewart et Ellen échangèrent un bref regard.

« Okay. Alors, que dites-vous de ça ? demanda Stewart à Ellen d'un air de défi.

— Adaptation optimum. C'est conforme au programme », répliqua-t-elle.

Stewart fit passer une troisième série d'images sur l'écran.

« Allez, quoi, décide-toi ! disait Turtle à Daryl. Tu veux du chocolat ou de la vanille ? »

Turtle lui présentait deux pots de crème glacée. Il était chez lui, entouré d'une dizaine d'enfants, dont Trudi, Andrea, Hannibal, Jody et Arkoff. Assis autour d'une table ils dévoraient des sandwiches et des glaces.

Daryl regardait Turtle et les deux pots d'un air indécis.

« Je ne sais pas, je...

— Bon ! Eh bien, goûte d'abord..., proposa Turtle en lui tendant un peu de glace au chocolat dans une cuillère.

— Hum... ma foi..., fit-il en goûtant.

— Merde ! Si ça t'est égal, alors prends de la vanille ! » s'écria Turtle avec impatience en posant un autre pot devant lui.

Daryl donna sa glace au chocolat à Mary Ellen, sa voisine, et trempa sa cuillère dans la vanille.

« Je préfère le chocolat », dit-il après réflexion.

Turtle poussa un énorme soupir.

« Est-ce que je peux considérer ça comme une décision définitive ?

— Absolument.

— Okay ! »

Turtle arracha brutalement la glace au chocolat des mains de Mary Ellen.

« Attends ! Ne mange pas ça, Mary Ellen ! cria-t-il. Daryl a craché dedans !

— Oh ! c'est dégoûtant ! » s'écria-t-elle en faisant la grimace.

Sherie Lee lança un œil noir à Turtle qui posait la glace devant Daryl.

Stewart arrêta là la projection et regarda Daryl avec attention.

« Est-ce que tu préférais vraiment le chocolat ? demanda-t-il.

— Oh ! oui.

— Pourquoi ?

— Je... je ne sais pas..., fit-il d'un air embarrassé, en haussant les épaules. Turtle, lui, préfère la fraise.

— Mais ça ne fait aucune différence », remarqua Stewart.

Amusé, Daryl regarda le docteur comme quelqu'un qui ne comprend visiblement rien aux enfants.

« Le *goût* est différent », lui expliqua-t-il.

Stewart jeta un coup d'œil à Ellen.

« Le goût ne fait pas partie de son programme...

— Oui, mais il est programmé pour apprendre, répliqua Ellen, obstinée.

— Pas pour des préférences subjectives, objecta

Stewart. Il peut analyser les valeurs nutritionnelles, mais pas choisir entre divers parfums.

— Il copie des modèles de comportement, comme une machine intelligente, reconnut Ellen.

— Cessez donc de parler de lui comme d'une machine ! » s'écria Stewart.

Daryl se tourna vers lui.

« Merci ! » dit-il d'un ton plein de sincérité.

Les deux savants se regardèrent en silence.

« Il va falloir que nous procédions à des tests, déclara Stewart. Nous allons faire des essais jusqu'à ce que nous ayons compris d'où ceci peut venir. »

CHAPITRE XII

DE brillantes lumières fluorescentes tombaient sur Daryl. Le pauvre petit garçon-robot était attaché sur une table d'opération. Auprès de lui s'affairaient des savants en blouses blanches, dont Stewart et Ellen. Des électrodes reliées à des appareils enregistreurs étaient fixées sur sa tête. Pleinement éveillé, Daryl regardait autour de lui avec inquiétude.

Voyant qu'il avait l'air effrayé, le Dr Stewart vint le rassurer.

« Ne te fais pas de souci, Daryl. Tu sais bien que tu ne risques rien. »

Daryl ne répondit pas.

Le Dr Stewart lui demanda gentiment :

« Est-ce que tu as vraiment... peur ? La peur ne fait pourtant pas partie de ton programme... J'en suis désolé, si c'est le cas. Mais je te le promets, nous ne te ferons pas de mal.

— Alors pourquoi tout ça ? Qu'est-ce que vous voulez faire ?

— Nous voulons seulement prélever sur toi quelques pièces. Sois tranquille, tu ne sentiras rien. Mais nous avons besoin pour cela que tu sois conscient. »

Daryl aperçut une infirmière qui arrivait, poussant devant elle une table chargée d'instruments de chirurgie. Comme Daryl contemplait le plateau, un cri retentit dans la salle.

« Docteur Stewart ! »

C'était un assistant, dont le moniteur paraissait subitement devenu fou, qui l'appelait.

« Que se passe-t-il ? demanda Stewart.

— Regardez ! » répondit l'assistant en lui montrant son écran.

Un second cri retentit dans la salle.

« Docteur ! »

Un autre assistant lui montrait sa machine, devenue folle elle aussi.

« C'est insensé ! s'écria un troisième assistant qui courait d'un appareil à l'autre. On dirait que quelqu'un s'amuse avec l'ordinateur central. »

Au milieu de l'agitation incroyable qui régnait maintenant autour de lui, le Dr Stewart remarqua soudain qu'un message s'inscrivait sur l'écran d'un ordinateur :

J'AI PEUR.

Le savant s'arrêta, pétrifié. Puis, jetant un coup d'œil à Daryl, il retourna vers lui et le regarda avec un mélange de compassion et de suspicion. Il lui posa la main sur l'épaule.

« Entendu, Daryl, dit-il calmement. Il n'y aura pas de tests. Nous y renonçons. Ça va comme ça ? »

Soulagé, Daryl ferma les yeux et se détendit aussitôt. Un léger sourire se dessina même sur ses lèvres.

Et un nouveau message s'inscrivit sur l'écran :

MERCI !

Le général Lyford Graycliffe, dans son bureau du Pentagone, achevait la lecture des quelques pages qu'on venait de lui soumettre. C'était un homme grand et mince, aux yeux bleu clair, étonnamment jeune pour un général.

Trois autres officiers, dont deux en civil, se trouvaient là également. Sous la responsabilité de Graycliffe, ils formaient à eux quatre une commission d'enquête devant laquelle Stewart, assis en face d'eux, comparaissait.

« Outre le facteur apprentissage, il semble avoir acquis la capacité étonnante d'entrer directement en rapport avec les autres ordinateurs, déclara Stewart, qui leur expliquait les développements du projet D.A.R.Y.L.

— De quelle façon? demanda le général.

— Je n'en suis pas encore certain, mais il pourrait s'agir d'une sorte d'effet magnétique. Daryl ne se rend d'ailleurs pas compte de son pouvoir... »

Prenant soudain conscience de la signification des propos de Stewart, le général leva le nez de ses papiers.

« Il y a, dans ce rapport, des points qui me paraissent bien extraordinaires, docteur Stewart.

— Ils sont le fruit d'observations incontestables, général, répondit le docteur.

— Ainsi, vous prétendez qu'il peut éprouver... des émotions humaines? intervint l'un des officiers.

— Il éprouve du plaisir et de la douleur, et il est capable de ressentir aussi de l'inquiétude et de la peur », déclara Stewart.

Un léger sourire apparut sur les lèvres du général.

« La peur n'est pas exactement ce que nous recherchons pour ce genre de projet...

— Nous? Qui ça, nous? demanda Stewart.

— Les gens qui financent vos travaux, docteur, répondit le général.

— Vous voulez parler des contribuables américains ?

— Quand votre collègue, le Dr Mulligan, s'est enfui avec cette très coûteuse machine, je ne vous ai pas entendu vous plaindre au nom des contribuables ! remarqua le général.

— Parce que, grâce à lui, nous avons beaucoup appris. Nous connaissons beaucoup mieux aujourd'hui les possibilités de Daryl.

— Le base-ball, les crèmes glacées et les petits camarades, tout cela est peut-être bel et bon pour vos contribuables, mais n'intéresse en rien le ministère de la Défense, fit remarquer Graycliffe. A la lumière de ce rapport, la commission a pris sa décision : le projet D.A.R.Y.L. est abandonné. »

Stewart était battu.

L'un des officiers prit la parole :

« Le ministère a formulé de nouvelles exigences. En un mot, il nous faudrait une version adulte de ce prototype. Programmé pour apprendre et enseigner ensuite tous les arts militaires. Un soldat parfait, techniquement invincible et ignorant la peur. »

Le général regarda durement Stewart :

« D.A.R.Y.L. part à la casse. C'est bien compris, docteur ? »

Stewart baissa la tête, accablé.

CHAPITRE XIII

« HELLO, Daryl. Qu'est-ce qu'il se passe ? » demanda
Stewart, obligé de crier pour se faire entendre.

Il se boucha les oreilles pour pénétrer plus avant
dans l'espèce d'igloo sans fenêtres que Daryl occu-
pait au quartier général du TASCOM. Le garçon
regardait simultanément six écrans de télévision,
avec le volume du son poussé à fond. Le bruit était
assourdissant.

« Vous voulez que je les débranche ? demanda
Daryl.

— Baisse un peu le son », répondit le docteur en
souriant.

Il regarda autour de lui. L'endroit était plein de
livres, de jeux vidéo, et doté d'un ameublement
fonctionnel.

Sans bouger, Daryl, concentré, jeta un bref
regard sur un petit ordinateur. Et soudain, le
silence se fit.

« Ils voudraient savoir comment tu t'y prends
pour faire ça, dit Stewart. Moi aussi, d'ailleurs.

— Je ne sais pas exactement. En quelque sorte,
je peux "lire" dans un ordinateur.

— Et avoir un contrôle sur lui ?

— Sans doute, répondit Daryl en haussant les
épaules. En tout cas, je fais des progrès dans ce
sens.

« — Et les gens ? Tu ne peux pas "lire" en eux, n'est-ce pas ?

— Oh ! non. Je ne suis pas doué pour la télépathie et toutes ces choses-là.

— Alors comment peux-tu savoir ce qu'ils ressentent ?

— Eh bien, on peut le deviner par analogie avec ce qu'on ressent soi-même... »

Stewart médita un instant cette réponse.

« Je me demandais..., reprit Daryl, la voix légèrement tremblante, si Andy et Joyce ne pourraient pas être autorisés à me rendre visite... J'aimerais beaucoup les revoir... »

Comment le lui refuser ? Il n'aura sans doute plus jamais l'occasion de demander quoi que ce soit..., songea Stewart, le cœur serré.

« Et ton ami ? Comment s'appelle-t-il déjà ?

— Turtle ! s'écria Daryl, le visage illuminé. Oh ! oui, lui aussi... Ils me manquent beaucoup tous les trois. »

Stewart lui sourit avec sympathie.

« Très bien. Et nous leur dirons la vérité. »

Il se leva pour partir et le regarda avec affection.

« Docteur Stewart... qu'est-ce que je suis exactement ? » demanda-t-il avec inquiétude.

La gorge nouée, le docteur s'en alla sans répondre.

De son poste d'observation, Ellen Lamb avait suivi la conversation de Stewart avec Daryl.

Elle ne se retourna pas quand Stewart entra dans la pièce.

« Qu'est-ce qu'il est, Ellen ? »

Écartant cette question philosophique, Ellen aborda aussitôt un autre sujet.

« Vous n'avez quand même pas l'intention de faire venir ces gens ici ? fit-elle, incrédule.

— J'ai le droit d'accorder un laissez-passer à qui bon me semble. A moins que les militaires ne s'en mêlent. Mais il n'y a aucune raison pour qu'ils soient mis au courant, n'est-ce pas, Ellen ? » ajouta-t-il en la regardant avec attention.

Ellen secoua lentement la tête.

« Je ne vous trahirai pas.

— Merci, dit Stewart. Mais vous savez ce que vous risquez. Si le général Graycliffe apprenait...

— Disons que vous ne m'en avez jamais parlé ? » proposa Ellen.

Stewart hocha gravement la tête.

CHAPITRE XIV

Les gardes inspectèrent la voiture à l'entrée du TASCOM, puis ils firent signe à Joyce, Andy et Turtle de passer. La voiture enfin garée, on leur fit traverser un couloir long et étroit. Un peu effrayés, ils regardaient autour d'eux avec méfiance.

« Ce doit être un cauchemar pour lui », murmura Joyce en serrant la main d'Andy.

Comme ils débouchaient dans un vaste hall, le Dr Stewart apparut soudain pour les accueillir.

« Bienvenue au TASCOM, leur dit-il d'un ton chaleureux.

— Où sommes-nous, docteur Stewart ? demanda aussitôt Andy.

— Vous nous avez promis que nous pourrions voir Daryl. Est-ce qu'il va bien ? » intervint Turtle, très agité.

Joyce insista à son tour, le regard noir de tristesse :

« Pouvons-nous le voir, s'il vous plaît ? »

Sans répondre, le Dr Stewart alla ouvrir une porte et s'effaça pour faire entrer ses visiteurs. Ils pénétrèrent dans la salle des ordinateurs. Le sigle D.A.R.Y.L. s'étalait sur des rangées entières de machines. Ils avancèrent tous les trois en hésitant, ne comprenant rien à ce qu'ils voyaient.

Le Dr Stewart ne savait trop comment s'y prendre pour leur avouer la vérité sans leur causer un trop grand choc.

« Qu'est-ce que c'est que tout ça ? »

Joyce frémit et se rapprocha de lui.

Le Dr Stewart prit une profonde inspiration.

« Daryl n'est pas — il n'a jamais été — tout à fait humain », lança-t-il tout à trac.

Ils ne réagirent pas. Le sens de ces paroles leur échappait.

« Qu'est-ce que c'est ? Une mauvaise plaisanterie ? » s'exclama enfin Andy, furieux.

Stewart leur montra le sigle qui s'étalait sur le mur.

« D.A.R.Y.L. représente une expérience d'intelligence artificielle... »

Joyce secoua la tête comme pour chasser cette idée inadmissible.

« Non, non... ce n'est pas vrai ! gémit-elle. Non... »

Le Dr Stewart reprit après un silence :

« Croyez-moi, je comprends ce que vous devez ressentir. Tout ce que je peux vous dire, c'est qu'il n'avait jamais été prévu qu'il se trouverait en présence de gens tels que vous... »

Turtle regardait avec une stupeur silencieuse les machines qui l'entouraient. Il fut plus prompt que les adultes à saisir la vérité. Il n'avait pas oublié certains dons qu'il avait trouvés extraordinaires chez Daryl.

« Bon Dieu de bonsoir ! murmura-t-il. C'est un robot !

— Il est plus que ça, Turtle, beaucoup plus, lui expliqua Stewart. C'est ici que nous programmons l'ordinateur qui lui tient lieu de cerveau, et c'est ici également que se trouve la mémoire centrale qui enregistre toutes les étapes de son apprentissage.

— Oh ! là ! là ! » s'exclama Turtle.

Joyce frissonna et secoua la tête.

« Je n'en crois pas un mot », dit-elle.

Le Dr Stewart s'approcha d'un clavier d'ordinateur, désespéré de n'avoir pas été capable de leur annoncer la nouvelle plus doucement.

« Je comprends votre réaction, Mrs. Richardson. Mais regardez. Demandez à cet ordinateur n'importe quel renseignement, même un infime détail, quelque chose qui ne peut être connu que de vous et de Daryl, par exemple.

— C'est une blague ? » s'écria Joyce.

Le Dr Stewart secoua la tête.

« Je crains bien que non. »

Il tapa sur quelques touches et leur montra ce qui s'inscrivait sur l'écran : HELLO DARYL. TURTLE EST ICI ET IL VOUDRAIT SAVOIR SI C'EST BIEN TOI.

La réponse apparut immédiatement : HELLO, TURTLE. La suite vint après une pause : JE NE SAIS TOUJOURS PAS CE QU'EST UNE PROSTITUÉE.

Turtle en eut le souffle coupé.

« Okay ! Okay ! C'est lui ! » s'écria-t-il.

Plongé dans un jeu vidéo, Daryl ignorait totalement ce qui se passait hors de chez lui. En approchant, Andy, Joyce et Turtle l'aperçurent à travers la paroi de verre sans tain de son igloo.

Andy regarda le petit garçon qu'il aimait tant.

« Il ne sait pas que nous sommes là ?

— Il ne peut pas nous voir, répondit Stewart.

— Mais je viens juste de lui parler ! s'écria Turtle.

— Non, expliqua Stewart, tu as parlé à ses banques de données. Elles sont indépendantes de lui. »

Turtle, les yeux fixés sur son ami, se répétait cette idée stupéfiante : « Daryl... un robot... »

Ces histoires de robots et de banques de données mettaient Joyce hors d'elle.

« Mais il est bien réel ! Regardez-le ! C'est un petit garçon de chair et de sang, non ? »

Elle se tut, soudain frappée d'horreur à l'idée qu'il existait peut-être une autre abominable possibilité...

« Même un médecin n'y verrait aucune différence, à moins de radiographier son cerveau, reconnut Stewart. Daryl n'a pas été fabriqué à partir de matières synthétiques, mais conçu dans une éprouvette. Nous avons seulement fourni le cerveau électronique. Jusqu'à présent, il a eu une croissance tout à fait normale... »

Joyce se sentait mal. Elle ferma les yeux et posa la tête sur l'épaule d'Andy.

« Mais pourquoi ? demanda Andy. Pourquoi tout ça ? »

Emporté par son propre enthousiasme, le Dr Stewart se lança dans l'apologie du projet D.A.R.Y.L.

« Pourquoi ? Parce que nos cinq sens sont la méthode de programmation la plus rapide et la plus efficace. Imaginez ça : la vue, l'ouïe, l'odorat, le goût, le toucher, tout cela à votre disposition à la place d'un simple ordinateur qu'on manipule... »

Cette explication n'était pas de nature à calmer les craintes d'Andy et de Joyce qui se serrèrent encore plus l'un contre l'autre.

Turtle fut autorisé à entrer le premier chez Daryl. Il descendit prudemment quelques marches et se retrouva devant une porte parfaitement adaptée à la paroi courbe de l'igloo de Daryl et dépourvue de poignée. Turtle appuya sur un bouton. La porte s'ouvrit en coulissant.

Daryl était plongé dans son jeu quand il eut soudain la sensation d'être observé. Il se retourna et, à la vue de Turtle, son visage s'illumina.

Dans un mouvement impulsif, Daryl s'élança vers lui, mais il s'arrêta net. De toute évidence, les deux garçons se sentaient très gênés. Ils avaient envie de courir l'un vers l'autre, mais la pudeur les retenait.

« Turtle !

— Hello...

— Tu es venu..., dit Daryl, les yeux pleins de larmes. Avec mam... avec Joyce et Andy ?

— Bien sûr, ils sont ici, mais je leur ai faussé compagnie, dit Turtle d'un air bravache. Ils sont en train d'écouter tout un tas de baratin scientifique à ton sujet. »

Il se rapprocha de Daryl et l'observa avec curiosité.

« Tu savais que tu étais un... robot ? demanda-t-il.

— Ma foi... non, je ne crois pas. Pas quand j'étais chez vous en tout cas. J'avais perdu la mémoire, tu te rappelles ?

— Et maintenant ? demanda Turtle.

— Oh ! maintenant je le sais. »

Turtle resta silencieux un moment, ne sachant trop quelle question lui poser.

« Et quel effet ça te fait ? »

Daryl haussa les épaules.

« Ça ne change rien.

— Tu te sens comme... je veux dire... comme moi ?

— Je ne sais pas, je ne suis pas toi, répondit Daryl en souriant. Mais je pense que oui, ajouta-t-il. Pourquoi est-ce que cela serait différent pour moi ? »

Ils entendirent un bruit et se retournèrent : les Richardson et le Dr Stewart venaient d'entrer et se tenaient debout, près de la porte. Radieux, Daryl se précipita vers eux mais, devant leur expression, il s'arrêta soudain, comme effrayé. Joyce et Andy restaient figés, sans faire un pas vers lui, et le regardaient fixement, avec une curiosité mêlée de terreur.

Daryl perdit son sourire.

« Maman ? Papa ? »

Joyce se couvrit le visage de ses mains pour étouffer un sanglot. Andy et le Dr Stewart ne bronchèrent pas. Sans le quitter des yeux, Andy se décida finalement à s'approcher de Daryl.

« Daryl, je... Je pense que ce ne sont pas mes leçons qui ont failli faire de toi un champion. Tu avais ça en toi, pas vrai ? » dit-il avec un sourire.

Daryl et Andy se regardèrent dans les yeux et leurs craintes s'évanouirent.

« Quel bonheur de te revoir, fils ! » s'écria Andy en le serrant contre lui.

Daryl le prit par le cou et jeta un coup d'œil à Joyce. Plantant là Andy, il courut vers sa mère, la seule qu'il ait jamais eue. Joyce éclata en sanglots et courut aussi à sa rencontre.

Elle le prit dans ses bras et le serra si fort qu'il faillit étouffer. Ils étaient si heureux de se retrouver qu'ils riaient et pleuraient à la fois.

Le temps imparti pour la visite fut bientôt terminé. Le Dr Stewart escorta les Richardson et Turtle à travers la zone de sécurité, tout en s'entretenant avec eux à voix basse. Les Richardson hochaient la tête et obéissaient à Stewart qui leur indiquait par geste de baisser le ton.

« Vous en êtes bien sûrs ? demanda Stewart.

— Oh ! oui..., répondit Joyce. Tout à fait sûrs.

— Et souviens-toi, Turtle, lui rappela le docteur. Pas un mot à qui que ce soit. »

Turtle fit mine de se coller un bandeau sur la bouche. Avec un grand sourire, Joyce embrassa le Dr Stewart sur la joue avant de monter en voiture.

CHAPITRE XV

La visite des Richardson s'était passée sans le moindre accroc, et Daryl était de nouveau absorbé par son jeu vidéo.

Le Dr Stewart et Ellen Lamb marchaient le long d'un couloir vitré, dans le centre de recherche. Au dehors, la nuit tombait.

Tout à coup, ils entendirent un grand bruit de sirène.

« Qu'est-ce que ça peut bien être ? » demanda Stewart en se dirigeant vers la porte.

Il aperçut un convoi de véhicules militaires escorté par des motards, qui encerclait le bâtiment. Le général Graycliffe descendit d'une limousine et, suivi de son plus proche collaborateur, le major Williams, pénétra dans la base par la grande entrée.

Le Dr Stewart se trouva nez à nez avec eux, tandis qu'Ellen restait un peu à l'écart. Mais c'est d'abord à elle que le général Graycliffe s'adressa :

« Vous avez bien fait de nous appeler, Dr Lamb. »

Stewart lança un regard accusateur à son assistante, qui baissa les yeux, gênée.

« Je n'ai pas l'intention de vous faire arrêter, docteur Stewart, continua le général.

— Comme vous avez fait boucler la base, on ne
peut pas dire que ce soit une grande concession,
mon général. »

Le général le fit taire d'un regard.

« Au nom du ciel, pourriez-vous m'expliquer ce
que vous essayez de faire ?

— Je vous l'ai déjà dit, répliqua Stewart. Je suis
convaincu que Daryl n'est pas une simple machine.
Nous avons créé quelque chose que nous n'avons
pas le droit de détruire.

— Docteur Lamb, en votre qualité de savant,
partagez-vous cette opinion ? demanda le général
à Ellen.

— Non, répondit-elle. Le Dr Stewart est tombé
dans le même piège que le Dr Mulligan : il voit des
sentiments humains là où il n'y en a pas. Une
machine ne peut pas éprouver de sentiments. »

Furieux, Stewart l'interrompit.

« Ce n'est pas une machine !

— Vous êtes le seul à le penser, riposta Graycliffe.

— Les Richardson le pensent aussi ! fit remarquer Stewart.

— Oh ! Mettons de côté les Richardson, voulez-
vous ?

— Vous nous demandez de tuer un enfant !
s'écria Stewart, de plus en plus agité. Son corps est
organique. Il y aura douleur, mort et décomposi-
tion, exactement comme pour vous et moi, mon
général. Nous n'avons pas affaire à des pièces de
métal bonnes à envoyer à la casse, mais à un petit
garçon ! »

Stewart chercha un soutien auprès d'Ellen, mais
celle-ci détourna les yeux.

« Docteur Lamb, pouvez-vous vous passer de ce prototype ? » lui demanda le général.

Ellen hésita et balbutia :

« Nous perdrons des données importantes... Nous faisons encore des observations qui sans ça... »

Le général l'interrompit pour s'adresser à Stewart.

« Je vous ai déjà remis nos instructions concernant la direction nouvelle que doivent prendre vos travaux. »

A la façon dont le général le regardait, Stewart comprit que la partie était perdue.

« Je compte sur vous pour détruire le prototype et m'en tenir informé, docteur Stewart. A moins que vous ne préfériez que j'en charge le docteur Lamb ? »

Le Dr Stewart hocha la tête à contrecœur et s'éloigna, suivi d'Ellen.

Sans échanger un mot, ils rejoignirent le quartier général de D.A.R.Y.L. et le Dr Stewart commença à entrer des ordres dans l'ordinateur. Le Dr Lamb pressa un bouton pour convoquer les assistants et, quelques minutes plus tard, le théâtre des opérations bourdonnait d'activité.

Daryl fut transporté pendant son sommeil dans la salle de chirurgie. Les préparatifs n'étaient pas terminés quand il se réveilla soudain et poussa un cri d'épouvante : attaché à la table d'opération, il voyait le visage du Dr Lamb penché sur lui, mais recouvert d'un masque.

Les assistants l'entourèrent pour essayer de le calmer. Et puis, tout à coup, ce fut le silence.

Le Dr Stewart et le Dr Lamb sortirent de la salle, enlevant leurs blouses et leurs gants de caoutchouc dans un silence hostile. Le général Graycliffe vint à leur rencontre.

« C'est terminé. J'espère que vous êtes tous les deux satisfaits », dit Stewart d'un voix rauque.

Les yeux profondément cernés, il semblait avoir vieilli de plusieurs années en quelques minutes. Il s'éloigna brusquement, plantant là le général et le Dr Lamb.

Graycliffe entra à son tour dans la salle pour vérifier tout d'un coup d'œil. Un plateau chargé des instruments chirurgicaux qu'on venait d'utiliser était encore à côté de la table d'opération. Une chemise de nuit d'enfant gisait, froissée, sur le sol. Immobile sur le pas de la porte, le Dr Lamb observait la scène. Deux garçons de salle entrèrent par une autre porte en poussant devant eux un chariot équipé d'un énorme sac à linge sale.

Graycliffe s'approcha du terminal qui jouxtait la table d'opération et commença à pianoter. L'écran afficha : PROJET D.A.R.Y.L. Il continua de taper. L'écran afficha : SECTION ORGANIQUE DU ROBOT DÉTRUITE.

Tandis que le général poursuivait ses vérifications sur l'ordinateur, le Dr Stewart montait dans sa voiture et se présentait à la sortie de la base, contrôlée maintenant par des hommes en armes.

Un soldat fit lentement le tour du véhicule et regarda à l'intérieur. Stewart était seul. Rien ne semblait suspect. Dans le poste de garde, un autre soldat parlait au téléphone. A son regard, il était clair que sa conversation concernait le docteur.

Au même moment, Graycliffe entrait dans la salle des ordinateurs pour consulter les listings du projet D.A.R.Y.L. Les feuilles sortaient de l'imprimante et allaient s'entasser dans un panier métallique. Graycliffe était entouré d'une rangée d'écrans qui affichaient tous le même message : TERMINÉ, mais, occupé par l'imprimante, il ne les regardait pas.

Tout à coup, le message changea. Les écrans affichèrent : J'ESPÈRE QUE NOUS ALLONS NOUS EN SORTIR ! Graycliffe le fit distraitement disparaître juste à ce moment-là, et il prit conscience à retardement de ce qu'il venait de lire. Il essaya de faire revenir le message, mais l'écran resta noir. Il s'empara fébrilement des papiers qui devaient porter la transcription de ce qui était apparu sur l'écran et regagna en courant la salle de chirurgie.

Ellen Lamb s'y trouvait encore, occupée à ranger et à nettoyer.

« Salope ! rugit Graycliffe en surgissant comme un diable. D'abord Mulligan, puis Stewart, et maintenant vous ! Pourquoi ? »

Il se précipita sur le téléphone le plus proche et se tourna vers Ellen.

« Mon général, une machine devient humaine à partir du moment où vous ne pouvez plus faire la différence », répondit-elle tranquillement.

Il la regarda un instant comme s'il était tenté de lui donner raison. Mais le militaire reprit le dessus dès qu'il eut quelqu'un en ligne.

« Général Graycliffe à l'appareil, passez-moi le poste de garde ! » ordonna-t-il d'un ton menaçant.

La sonnerie retentit dans le poste de garde au moment même où les grilles se refermaient derrière la voiture du Dr Stewart, qui disparut dans la nuit.

Le siège arrière se souleva soudain.

« Ça y est ! Nous avons réussi ! Je peux sortir maintenant ? On étouffe là-dessous ! dit Daryl.

— Attends un peu, répondit Stewart. Nous ne sommes pas encore tirés d'affaire ! »

Mais la tête de Daryl avait déjà émergé, le visage fendu d'un large sourire.

Au même instant, l'alerte était donnée à la base et les soldats se précipitaient dans leurs véhicules pour leur donner la chasse.

Daryl s'installa sur le siège avant à côté de Stewart et, tourné vers la vitre arrière, se mit à guetter d'éventuels poursuivants.

Soudain, il aperçut des lumières. Des phares trouaient la nuit derrière eux.

« Les voilà ! s'écria-t-il.

— Okay ! Attache ta ceinture ! » lui ordonna Stewart.

Celui-ci quitta brusquement la route, éteignit ses phares et s'engagea sur un chemin de terre. Durement secoué sur cette piste semée d'ornières, Stewart essayait péniblement de percer les ténèbres pour voir ce qu'il avait devant lui. Daryl l'aidait de son mieux.

« Attention ! Un rocher ! Prends à gauche ! » cria-t-il tout à coup.

Stewart évita l'obstacle de justesse. Dans le lointain, ils entendirent passer les véhicules lancés à leurs trousses, qui continuaient leur route sans avoir remarqué le chemin emprunté par les fugitifs. Ceux-ci ignoraient d'ailleurs que des hélicoptères de l'armée et de la police venaient de recevoir l'ordre de se joindre aux recherches.

Stewart descendit une pente caillouteuse, évitant *in extremis* une cabane de cantonniers. Se débattant avec son volant pour reprendre le contrôle de sa voiture, il s'engagea en cahotant sur une route secondaire.

Daryl s'essuya la bouche et jeta à Stewart un regard inquiet. Celui-ci faisait des efforts désespérés pour percer l'obscurité.

« Il vaut mieux allumer les phares maintenant, sinon nous allons paraître suspects, suggéra Daryl.

— Tu as raison, dit Stewart en se mettant en code.

— Vous voulez que je prenne le volant ? demanda Daryl.

— Non, tu attirerais trop l'attention. »

Daryl haussa les épaules : ce raisonnement lui échappait. Il aperçut un panneau qui indiquait le prochain accès à l'autoroute. Ils continuèrent à rouler en silence.

Soudain, le hurlement d'une sirène de police les fit sursauter. Des lumières jaillirent derrière eux, et bientôt à côté d'eux : ils se retrouvèrent encadrés de voitures, pleines de policiers qui braquaient leurs armes dans leur direction.

« Rangez-vous, docteur ! » lui cria l'un d'eux dans un porte-voix.

Le Dr Stewart poussa un grognement de désespoir.

« Prenez l'autoroute ! Vite ! lui enjoignit Daryl.

— Hein ? fit Stewart sans comprendre.

— L'autoroute ! C'est notre seule chance ! »

Les policiers faisaient signe au docteur de ralentir. A moins de faire usage de leurs armes, ils n'avaient aucun moyen de l'arrêter.

C'est alors qu'une voiture de police les dépassa brusquement pour leur couper la route. Stewart suivit le conseil de Daryl : il tourna brusquement et s'engagea sur la bretelle d'accès à l'autoroute.

La troupe des voitures de la police prit le même chemin, dans un déchaînement de sirènes.

La chasse commençait !

Stewart déboucha dans la circulation encore très dense, et accéléra. Daryl regarda en arrière : quatre, cinq, six... ils avaient au moins dix voitures de police à leurs trousses !

Il se rapprocha de Stewart et posa la main sur le volant.

« Pour ce qui est d'attirer l'attention, il me semble que c'est déjà fait, dit-il en souriant. Faites-moi confiance, je vous en prie... »

Stewart hocha la tête. Il prit le garçon sur ses genoux pour lui céder le volant, et se glissa ensuite à sa place, évitant de justesse une collision avec un camion.

Les voitures de police se rapprochaient : elles n'étaient plus qu'à une vingtaine de mètres derrière eux.

« Nous n'arriverons jamais à les distancer, dit Stewart.

— Je vous conseille de... fermer les yeux. Et attachez donc votre ceinture, dit Daryl.

— Seigneur ! Qu'est-ce que tu vas faire ?

— Rassurez-vous, fit Daryl qui pensait au jeu de Pole Position, j'ai l'habitude... »

Très calme, le gamin tournait le volant à gauche, à droite, à gauche, à droite... Avec une précision et une assurance remarquables, il jouait au Pole Position sur l'autoroute.

Le trafic ralentit pour se resserrer sur deux voies en raison de travaux. Malgré ses talents de pilote, Daryl se retrouva coincé entre les voitures qui le précédaient et celles de la police.

Il remarqua à sa gauche une voiture, remorquée par un camion. Il dirigea brusquement sa roue avant sur le capot incliné de la voiture, fit basculer le break sur le côté et s'engouffra dans l'étroit espace qui séparait les deux files.

La route était de nouveau libre mais deux voitures de police les avaient rattrapés et s'apprêtaient à leur barrer le chemin juste au moment où Daryl laissait retomber le break sur ses quatre roues.

« Attention ! » cria Stewart.

Daryl fonça tout droit vers le terre-plein qui coupait l'autoroute par le milieu. Les deux autres les suivirent. Les trois voitures sautèrent par-dessus la bande de terre, mais celles de la police se retournèrent. Les policiers s'extirpèrent de leurs véhicules et, incrédules, regardèrent le break de Daryl qui s'enfuyait à contresens sur l'autoroute.

« Oh ! mon Dieu ! hurla Stewart. Je ne peux pas voir ça ! »

Les coups de klaxon et les appels de phares fusaient de tous les côtés tandis que Daryl, évitant la catastrophe à chaque seconde grâce à ses incroyables réflexes, poursuivait son chemin.

Les policiers qui les suivaient en roulant sur l'autre voie les regardaient, frustrés, avec une véritable stupéfaction.

« Ça a l'air de te plaire, Daryl », fit Stewart en lui jetant un coup d'œil.

Daryl ne répondit pas. Il zigzaguait, presque détendu, parmi le flot ininterrompu des voitures qui venaient à sa rencontre, sûr de lui malgré la vitesse à laquelle il fonçait.

Le Dr Stewart gardait les yeux obstinément fermés, accroché à son siège comme à une bouée de sauvetage. Quand il avait le malheur de les entrouvrir un instant, ce qu'il apercevait par le pare-brise était suffisant pour qu'il les referme aussitôt.

Daryl avisa tout à coup une bretelle de sortie sur la voie qu'il suivait à contresens. Il s'y engouffra, laissant les policiers continuer leur chemin de l'autre côté, sans aucune possibilité de quitter l'autoroute.

« Et voilà ! » s'exclama Daryl, triomphant.

Poursuivi par un concert de klaxons, il traversa un carrefour et fila vers une autre autoroute, cette fois dans le bon sens.

Le Dr Stewart oûvrit les yeux et regarda Daryl avec admiration.

« Premier round gagné par la science ! » s'écria-t-il.

Et il poussa un grand soupir de soulagement.

CHAPITRE XVI

La voiture s'enfonça dans la campagne. De vieilles fermes délabrées, clôturées de barbelés bordaient la route. Quelques rares vaches et des chevaux efflanqués broutaient l'herbe rare des enclos.

Stewart avait sombré dans le sommeil, abandonnant le volant à Daryl. Celui-ci jetait de temps à autre un regard à la jauge d'essence. Le jour se levait et le soleil brillait à l'horizon. Le moteur de la voiture eut brusquement une série de ratés qui tirèrent Stewart de son sommeil. Il sortit en s'étirant de sa position inconfortable.

« J'ai dû m'assoupir, dit-il avec un sourire gêné. Où sommes-nous ?

— L'important n'est pas de savoir où nous sommes, mais comment nous allons faire pour arriver à destination », répondit Daryl en lui montrant la jauge, pointée sur le zéro.

La voiture roula encore par miracle pendant quelques kilomètres, puis le moteur eut de nouveau des ratés et s'arrêta dans un dernier sursaut après avoir brûlé son ultime goutte d'essence. Daryl laissa doucement glisser la voiture jusqu'au bas-côté de la route.

Daryl et Stewart se trouvaient au milieu d'une campagne misérable mais non dépourvue d'une certaine beauté. Ils se regardèrent en soupirant. Puis ils avisèrent au loin une vieille ferme et une camionnette délabrée garée à proximité. On n'apercevait pas âme qui vive.

« Allons toujours voir », suggéra Stewart.

Ils sortirent de la voiture et la poussèrent jusqu'à la ferme.

La maison, blanche avec des volets noirs, était flanquée d'une grange, d'un silo et d'un petit hangar. Tous ces bâtiments auraient supporté une sérieuse couche de peinture neuve.

Stewart s'approcha de la camionnette.

« Je ne vois personne ici qui ait l'air d'en avoir besoin », remarqua Daryl avec un sourire malicieux.

Ils échangèrent un regard entendu et Stewart alla aussitôt ouvrir le capot pour mettre le moteur en route.

« Il y a du papier et un crayon dans la boîte à gants de la voiture, dit-il à Daryl. Écris : "La voiture est à vous et voici dix dollars pour l'essence. Avec toutes nos excuses." »

Daryl obéit tandis que Stewart s'installait au volant de la camionnette.

Ils rejoignirent l'autoroute, cahotant et bringuebalant.

« Le type a fait une drôle de bonne affaire », fit observer Stewart en pensant à leur échange.

A peine avaient-ils commencé à rouler un peu plus confortablement sur la route, que Daryl plongeait soudain sous son siège.

Une voiture de police les doubla, sans prêter la moindre attention au conducteur de cette vieille guimbarde.

Furieux, le général Graycliffe était assis — mais

très agité — derrière son bureau, écoutant le rapport que lui faisaient trois officiers à propos de la disparition des fugitifs.

« Ils ne se sont tout de même pas volatilisés ! grogna-t-il.

— Non, mon général. Mais nous ne sommes pas assez nombreux. Dès que nous les aurons localisés, nous mettrons la main sur eux. »

Le général avala une gorgée de café, un peu réconforté.

Daryl sortit de sa cachette avec un soupir de soulagement et se rassit sur son siège. Ses yeux allaient et venaient, du pare-brise à la lunette arrière, avec anxiété. Au bout de quelques kilomètres il finit par se détendre et se mit à contempler le paysage. La route décrivait une large courbe au pied d'une colline dénudée et déboucha ensuite sur un immense plateau ondulant à perte de vue. Daryl rêvassait, absorbé par la beauté de ce qui l'entourait.

« Oh ! oh ! s'écria-t-il tout à coup, brisant le silence serein qui régnait dans la camionnette.

— Qu'y a-t-il ? demanda Stewart avec inquiétude.

— Un barrage sur la route.

— Où ça ? fit Stewart qui écarquillait les yeux sans rien voir.

— A trois kilomètres environ. Mais avec une seule voiture et un seul policier, répondit Daryl, l'expression concentrée.

— C'est déjà bien suffisant », remarqua Stewart, l'air sombre, tout en continuant à rouler vers ce barrage inévitable.

Un policier était adossé à la portière de son véhicule, arrêté d'un côté en travers de la route. Deux bornes bloquaient l'autre côté.

« Tiens-moi au courant, camarade. Okay ? Terminé », disait-il au micro de sa radio de bord quand la vieille camionnette apparut en haut de la petite côte. Elle alla s'arrêter à une vingtaine de mètres du barrage.

Le policier posa son micro et s'approcha.

Ébloui par le soleil, il sortit une paire de lunettes fumées de sa poche, les chaussa et, fusil en main, continua d'avancer d'un pas tranquille vers le vieux fermier qui l'attendait, seul, au volant de sa camionnette.

Derrière son dos, Daryl sortit d'un buisson et se dirigea vers la voiture de police.

« Salut ! Qu'est-ce qu'il se passe ? demanda Stewart avec son plus bel accent paysan.

— Oh ! pas grand-chose », répondit l'homme en regardant dans la voiture.

Stewart jeta un bref coup d'œil du côté de Daryl qui venait d'atteindre le véhicule de police et était déjà au travail. Avec rapidité et précision, il ouvrit la boîte de fusibles, les sortit tous et les fourra dans sa poche.

« On recherche deux évadés », expliqua le policier au vieux fermier qui, décidément, ne correspondait pas au signalement.

Il lui fit signe de passer mais Stewart, qui voulait laisser à Daryl le temps de terminer son sabotage, le rappela :

« N'auriez pas une allumette ? J'suis à court, dit-il en sortant une cigarette d'un vieux paquet qui traînait sur le tableau de bord.

— J'en ai dans ma voiture », répondit le policier, déjà prêt à aller les chercher.

Stewart le rappela de nouveau.

« Pas la peine. De toute façon, j'dois arrêter de fumer », fit-il en riant.

Accroupi derrière la voiture de police, Daryl avait terminé sa mission. Il retourna en courant se cacher dans les buissons et fit signe à Stewart qu'il pouvait démarrer.

« Okay, merci, dit celui-ci au policier, avec un geste amical d'adieu.

— Bonne route ! » répondit l'autre en allant déplacer les bornes pour le laisser passer.

Juste au moment où le policier remettait les bornes en place, il aperçut un jeune garçon qui sautait sur le marchepied de la camionnette.

« Hé ! » cria-t-il alors que le véhicule prenait déjà de la vitesse.

Il se précipita au volant de sa voiture : sa clef de contact avait disparu.

« Merde ! » hurla-t-il.

Il chercha son micro : lui aussi avait disparu !

« Merde ! » hurla-t-il de nouveau.

Il sauta comme un fou hors de sa voiture, fusil en main, et se mit à tirer en direction de la camionnette.

Stewart et Daryl jubilaient.

« Tu deviens un artiste de l'évasion, s'exclama Stewart. Tu as été formidable !

— Oui, on forme une bonne équipe, tous les deux », fit Daryl, lui retournant le compliment.

Et en exhibant les clefs, les fusibles et le micro, il ajouta :

« Pas mal, non ?

— Formidable ! » répéta Stewart en souriant.

Il lança un coup d'œil dans le rétroviseur : le policier disparaissait peu à peu dans le lointain. Planté au milieu de la route, il continuait à tirer comme un fou.

« J'espère qu'il a déjà pris son petit déjeuner ! » fit Stewart en riant.

Mais en débouchant d'un virage, leur exaltation se mua en terreur : un autre policier les attendait au milieu de la route, fusil braqué dans leur direction.

« Mon Dieu ! s'exclama Stewart. Voilà pourquoi ce type ne cessait pas de tirer ! C'était pour avertir celui-là de notre arrivée ! »

Tout en continuant à rouler vers ce nouveau barrage, ils repérèrent une voiture de police dissimulée derrière des buissons.

« Baisse-toi ! » hurla tout à coup Stewart, qui poussa brutalement Daryl sur le plancher.

Au même instant une balle venait fracasser le pare-brise. Agrippé au volant, Stewart fonça en zigzaguant sur le policier qui, sautant de côté pour sauver sa peau, en oublia de tirer. La camionnette alla heurter de front la voiture de police, démolissant tout l'avant du véhicule.

« Reste couché ! » cria Stewart à Daryl, terrifié.

Il fit rapidement marche arrière, passa en première et accéléra à fond.

Le policier épaula de nouveau son fusil, mais les roues arrière de la camionnette patinaient si bien qu'elles lui expédièrent une volée de pierres et de gravillons qui l'aveuglèrent et l'obligèrent à se protéger les yeux. Et avant qu'il ait repris ses esprits, la camionnette était déjà loin. Il courut à sa voiture.

« Nom de Dieu ! » hurla-t-il en constatant les dégâts.

Il décrocha son micro et appela le quartier général.

« QG, ici voiture 22. Venez de toute urgence. »

« Je crois que ça va, maintenant », dit Daryl.

Encore tremblant, il grimpa sur son siège. Le

docteur ne répondit pas. Il se débattait avec son volant pour maîtriser son véhicule.

Daryl lui jeta un coup d'œil et écarquilla les yeux, pétrifié d'horreur.

« Oh !... Vous êtes blessé, docteur Stewart ! »

Une large tache de sang s'étalait sur sa chemise, et il grimaçait de douleur.

« Vous avez reçu la balle qui m'était destinée ! s'écria Daryl en grimpant sur lui pour lui prendre le volant. Ils tiennent vraiment à m'avoir... Installez-vous à ma place. Je vais chercher un endroit où on pourra s'arrêter. »

CHAPITRE XVII

La nouvelle de l'incident du barrage n'était pas encore parvenue au Q.G. du général Graycliffe, mais dans la vaste salle des opérations, éclairée par d'immenses cartes lumineuses et une multitude d'écrans d'ordinateurs, on était déjà sur le pied de guerre.

Le général entra et alla rejoindre à grands pas les techniciens, en manches de chemise, qui surveillaient les informations défilant sur les écrans. Soudain, l'un d'eux se précipita sur lui, et annonça sans reprendre son souffle :

« Ils viennent de forcer un barrage ! Dans le comté de Kyle ! »

Le général, sans s'arrêter de marcher de long en large, s'écria :

« Bon sang, major ! Si ce barrage avait été correctement installé, personne n'aurait pu le franchir ! A plus forte raison Stewart et cet... enfant !

— Oui, mon général, répondit le major, très pâle.

— Je veux un rapport complet de l'affaire ! ordonna le général.

— Bien, mon général. »

Graycliffe alla se poster au centre de ce quartier général de la puissance militaire des États-Unis et lança un appel à tous les opérateurs et techniciens présents :

« Je veux qu'on me ramène ces deux-là morts ou vifs avant qu'ils entrent en contact avec ces fouineurs de la presse ! »

Tandis que la chasse reprenait de plus belle, Daryl, les yeux pleins de larmes, avait conduit la camionnette à travers bois jusqu'à une clairière.

« Je suis désolé, Daryl », dit tristement Stewart.

Il était étendu dans l'herbe, le visage gris et contracté de douleur.

« Si j'avais été plus grand, vous auriez pu me donner un programme médical ; j'aurais suivi des cours de médecine et... cela aurait pu rendre service. Je veux dire, pas seulement à vous... »

Stewart lui serra la main.

« Il vont continuer à te donner la chasse... jusqu'à ce qu'ils aient réussi à te tuer, Daryl... »

Il avait de plus en plus de mal à parler.

« Ou jusqu'à ce qu'ils croient m'avoir tué... » fit Daryl, songeur.

Stewart n'entendit pas cette dernière remarque. Ses forces déclinaient rapidement.

« Qu'est-ce que j'ai fait ? gémit-il comme s'il se livrait à une confession. J'ai fait de toi un fugitif. Je t'ai fait peur. Je t'ai menti, je t'ai arraché au seul amour que tu aies jamais connu... »

Daryl tenait les mains du mourant dans les siennes et s'efforçait de le réconforter.

« Je vous dois tout, murmura-t-il doucement. Je vous dois d'être... un véritable humain. »

Stewart regarda son petit visage enfantin, grave et anxieux, et lui caressa la joue comme un père pour un adieu à son fils. Il lui essuya doucement ses larmes.

« Daryl, dit-il d'une voix presque inaudible, je

voudrais que tu n'oublies jamais ce que je vais te dire maintenant. Tu es un... véritable être humain. J'aurais aimé voir... ce que tu vas devenir... Mais ne doute jamais de ça... Jamais... »

Dans un dernier soupir, il se tourna sur le côté et mourut.

Daryl lui prit le pouls, lui souleva les paupières. Aucun doute possible, le Dr Jeffrey Stewart était bien mort. Daryl le regarda les larmes aux yeux et l'embrassa sur le front. Puis il resta là un moment, assis dans l'herbe, à contempler le ciel. Et tout à coup, la nuit fut remplie de sanglots déchirants... des sanglots comme seuls sont capables d'en avoir les véritables êtres humains.

CHAPITRE XVIII

Daryl recouvrit le corps du Dr Stewart de sa veste et, après un dernier regard pour celui qui avait risqué sa vie pour lui, il retourna vers la camionnette.

Il remonta dans son misérable véhicule et prit une route secondaire, se dirigeant d'instinct vers son objectif. Apercevant des phares dans le lointain, il abandonna la camionnette dans un bosquet et continua à pied.

Il faisait très sombre. Daryl avait le cœur battant à l'idée de ce qu'il allait faire, mais sa détermination était plus forte que la peur. Il s'accroupit soudain derrière un buisson : une jeep de la police militaire patrouillait le long d'une clôture. Après avoir fait le tour d'un bâtiment, elle repartit dans la direction d'où elle était venue. Elle avait raté sa cible...

Daryl était déjà presque arrivé à la clôture. Il grimpa au grillage comme une araignée, animé d'une expression toute nouvelle, faite de détermination et de colère. Puis il sauta de l'autre côté. Il se trouvait maintenant sur le territoire de la base militaire.

Il avançait, plein d'assurance, quand il s'arrêta brusquement à quelques centimètres à peine d'un fil électrifié qu'il avait failli heurter. Il l'enjamba et continua son chemin.

Il distinguait au loin quelques bâtiments et des avions. Il remarqua aussi quelques vagues lumières et une certaine activité dans la tour de contrôle. Des techniciens surveillaient un vaste tableau lumineux représentant le plan de la base : des clignotants s'y déplaçaient suivant les mouvements des patrouilles et des équipages.

Daryl se rapprocha du bâtiment, se colla contre le mur de briques et jeta un coup d'œil à l'intérieur, sur son objectif : une machine de la taille d'un distributeur de boissons, comprenant un écran de télévision, un clavier d'ordinateur et un téléphone rouge.

Daryl entra dans le bâtiment, enfila un corridor et alla se planter devant la machine sans avoir éveillé l'attention.

Il souleva avec précaution son couvercle de verre. Pas un bruit. Il poussa un soupir de soulagement : Dieu merci, il n'y avait pas de système d'alarme. Il se mit aussitôt à pianoter sur le clavier.

Un technicien, entouré d'une série d'ordinateurs, prit conscience tout à coup des efforts de Daryl. Il remarqua quelque chose d'anormal sur l'écran qui lui faisait face.

« Attention ! J'ai une alerte au feu ici ! » lança-t-il dans son microphone.

Des images se mirent à éclater en désordre sur l'écran.

« Bon dieu ! J'ai des incendies partout, maintenant ! » s'écria-t-il.

Daryl, lui, était toujours à son poste. Son écran affichait toutes sortes de codes, y compris ACCÈS RÉSERVÉ. Mais chaque fois que ces mots apparaissaient, il trouvait la clef qui lui permettait d'entrer et de percer le secret du programme.

Tout à coup, tous les appareils de la tour échappèrent au contrôle du technicien qui s'écria, affolé :

« Qu'est-ce qu'il se passe ? C'est insensé... »

Des chiffres défilaient sur l'écran à une vitesse telle qu'ils en devenaient illisibles.

« Nom de Dieu ! hurla un autre opérateur. Tous les circuits sont en train de déconner ! »

Daryl pianotait toujours sur son clavier quand il entendit soudain un bruit. Il se retourna vivement : deux soldats l'observaient, médusés.

« C'est un gosse ! s'écria l'un d'eux.

— Non, c'est *le* gosse ! » répliqua l'autre en s'élançant vers Daryl.

Daryl se précipita sur l'interrupteur. La salle fut aussitôt plongée dans l'obscurité et il en profita pour s'éclipser en silence.

« Merde ! » s'écria un des deux soldats qui venait de se cogner contre un mur.

Quand il trouva enfin l'interrupteur, Daryl avait disparu. Il s'était enfui par une porte latérale qui donnait sur l'aire d'envol des chasseurs de combat.

Il traversa la large piste en ciment. Le jour commençait de se lever et les lampadaires s'éteignaient un à un. Daryl avançait toujours, se dissimulant dans tous les coins d'ombre.

Tout à coup, des lampes à arc s'allumèrent tout autour de la base et des projecteurs se mirent à balayer le terrain, cherchant à localiser leur cible. Toujours porté par la colère et la détermination, Daryl continuait son chemin sans en tenir compte.

Dans la tour de contrôle, la plus extrême confusion régnait.

« Les circuits sont complètement déboussolés ! Chaque fois que je touche un bouton, je tombe sur un spectacle de télévision ! » grogna un technicien qui tapait frénétiquement sur son clavier, mais sans succès.

Sûr de lui, Daryl avançait toujours, sans que les gardes et la police militaire, lancés à ses trousses, aient réussi à le repérer. Des avions sillonnaient le ciel au-dessus de lui. Mais rien ne pouvait l'empêcher d'atteindre le but qu'il s'était fixé, aussi bien pour lui-même qu'en hommage à la mémoire du Dr Stewart.

Soudain, dans le lointain, un bruit de moteur se fit entendre. D'abord, dans le chaos général qui régnait sur le terrain, personne ne le remarqua. Puis, comme il s'amplifiait, officiers et soldats se mirent à en chercher l'origine : c'était un chasseur de combat qui avançait lentement sur la piste.

Les contrôleurs de la tour n'ayant plus aucun moyen de communiquer avec l'avion, tous les hommes présents sur le terrain, en civil ou en uniforme, se mirent à courir vers ce jet noir qui s'apprêtait tranquillement à décoller.

Les projecteurs se concentrèrent un moment sur le pilote, assis dans le cockpit. Et l'on aperçut Daryl, souriant et plein d'assurance, aux commandes de l'appareil le plus impressionnant de toutes les forces aériennes des États-Unis !

Dans un grand ronflement de moteurs, l'avion prit de la vitesse et s'envola dans la nuit, instantanément avalé par le ciel encore obscur.

En bas, des centaines de militaires et d'agents du gouvernement s'agitaient frénétiquement, faisant des signes absolument dérisoires à l'appareil, alors qu'il était déjà loin. Puis les lumières s'éteignirent les unes après les autres, comme si quelque puis-

sance mystérieuse les avait brusquement souf-
flées.

Fous de rage, les militaires se réunirent dans la
salle des opérations, où l'on pouvait suivre sur un
immense écran de télévision, grâce à une caméra
installée dans le cockpit, tous les mouvements de
l'appareil. Furieux, se sentant ridiculisés, les généraux regardèrent Daryl piloter en jubilant l'avion le
plus cher et le plus sophistiqué de toute l'histoire
des États-Unis.

Un général de l'armée de l'air était arrivé d'urgence en apprenant la nouvelle.

« Je suis désolé, dit-il à Graycliffe, mais si cet
appareil sort de notre espace aérien, nous n'aurons
pas le choix.

— Vous voulez dire que vous serez obligé de
l'abattre ? demanda Graycliffe, stupéfait.

— L'abattre, c'est impossible, répondit le général
avec un rire sans joie. Aucun missile n'est assez
rapide pour l'atteindre. L'ennui, reprit-il en lui
montrant le tableau de bord qu'on apercevait sur
l'écran, c'est qu'il y a là toute une technologie que
nous ne pouvons pas laisser tomber dans des mains
étrangères.

— Alors, que comptez-vous faire ?

— Pour un appareil de ce genre, il faut tout pré-
voir. Les ingénieurs ont imaginé la seule issue possible : ils ont installé une charge d'explosif dans
l'avion même. S'il n'y a aucun autre moyen de
l'arrêter, je n'aurai qu'à appuyer sur le petit bouton
noir que vous voyez là, et l'engin explosera aussitôt,
où qu'il soit.

— Ma foi, répondit Graycliffe en réprimant un
sourire, voilà qui résoudrait bien des problèmes...

— Certes, reconnut le général, mais c'est une solution diablement coûteuse ! »

Ignorant qu'au même moment deux généraux étaient en train de discuter de son destin, Daryl, parfaitement maître de son jet, heureux et détendu, prit un chewing-gum dans sa poche et se mit à le mâchonner, tout en gardant l'œil sur son tableau de bord. L'indicateur de vitesse montrait que l'avion volait à Mach 2,2, soit plus de deux fois la vitesse du son. C'était une sensation fantastique.

Daryl fit descendre l'appareil et se mit à voler à cinq cents mètres environ. On aurait dit un grand oiseau noir rasant les sommets des montagnes à une allure vertigineuse. Consultant une carte sur le panneau de contrôle, Daryl repéra la petite ville de Barkenton, inséra les données fournies par la carte dans l'ordinateur et passa en pilote automatique. Il pouvait maintenant se détendre tout à fait.

Daryl avait baissé le volume du son de sa radio, pour couper court aux appels incessants du haut commandement qui essayait d'entrer en contact avec lui. Il remit le son pour savoir où ils en étaient et connaître leurs intentions.

« ... dans les sept minutes qui viennent. Je répète cet avertissement. Vous allez quitter l'espace aérien des États-Unis. Il vous reste six minutes et trente secondes... »

La montre de bord indiquait 06:30. Daryl déclencha un compte à rebours, tandis que les appels radio continuaient :

« Votre appareil sera détruit si vous ne faites pas demi-tour avant... S'il vous plaît, répondez. »

Après avoir écouté une dernière fois l'appel, Daryl manœuvra une série de boutons et la voix se tut. Il appuya sur une touche marquée « brouillage » puis il s'empara de son microphone.

« Hé, CQ ! Ici ton vieux copain QC. Réveille-toi ! QC appelle CQ... »

Le grésillement du talkie-walkie, posé à côté de lui, réveilla Turtle qui dormait. Il allait l'éteindre quand, soudain, il reconnut la voix de Daryl, claire et distincte. Il se dressa comme un ressort et porta le talkie-walkie à sa bouche.

« Daryl ! Où es-tu ? QC, parlez ! Je vous entends ! »

Daryl toucha le manche à balai et l'avion piqua vers le ciel comme une fusée. Il était en contact radio avec Turtle ! Avec un grand sourire, il répondit :

« CQ, si je te le dis, tu ne me croiras jamais ! »

Énervé, le général abreuvait d'injures le malheureux technicien, impuissant devant sa console.

« Alors ? Qu'est-ce qu'il dit ? hurla-t-il, rouge de colère.

— Il s'est mis sur ''brouillage''..., balbutia le technicien.

— Dé-brouillez-le ! cria le général.

— J'essaie, mon général, mais... »

Le général, exaspéré, se mit à marcher de long en large en grommelant.

Il ne restait que quatre minutes avant l'explosion finale et Daryl terminait seulement sa conversation avec Turtle.

« Écoute, je vais bientôt arriver. Comme le Dr Stewart l'avait promis. Ne le dis à personne, okay ? C'est important.

— Bientôt, c'est quand ? » demanda Turtle.

Daryl jeta un coup d'œil au panneau de contrôle et répondit :

« Dans vingt minutes à peu près. C'est seulement

une estimation, parce que les vitesses sont très difficiles à calculer, surtout dans la descente... Rendez-vous près du lac Bleu, avant l'école, okay ?

— Tu parles ! » s'écria Turtle, aux anges.

Il enfila son jean et son pull en marmonnant : « Les vitesses... la descente... A quoi joue-t-il encore ? »

Daryl avait mis le cap sur Barkenton. Tout à coup l'avion traversa une zone de ciel éclairée par le soleil levant et Daryl aperçut la mer au loin. L'appareil amorça un virage dans cette direction. Daryl fit alors entrer un nouveau programme dans son ordinateur.

Dans la salle des opérations, le général Graycliffe et les autres voyaient sur leur écran Daryl en train de programmer son ordinateur. Soudain, Daryl souleva une main de son clavier.

« Qu'est-ce qu'il fait ? » demanda Graycliffe, écarquillant les yeux.

Bouche bée, les experts militaires regardèrent ce petit garçon de dix ans retirer un chewing-gum de sa bouche et le coller sur l'œil de la mini-caméra située derrière sa tête. Aussitôt, l'image de Daryl dans son cockpit disparut de l'écran.

« Un enfant, armé d'une tablette de chewing-gum, vient de neutraliser une centaine de millions de dollars de matériel électronique, déclara le général Graycliffe d'un ton glacial. Quelqu'un a une suggestion à faire ? »

Le général de l'armée de l'air en avait une, qu'il fit avec une grimace de douleur :

« Il ne nous reste qu'une solution... »

Et il posa le doigt sur le détonateur.

Très loin de là, dans le soleil levant, Daryl souriait en achevant de programmer la trajectoire de l'appareil. Il brancha enfin le pilote automatique et appuya sur une autre touche : une longue série de chiffres alla se loger dans un coin de l'écran pour laisser place à une image du sol qui défilait à une vitesse étourdissante, seize kilomètres plus bas.

L'avion, qui volait parallèlement à la côte, vira soudain de bord pour se diriger droit vers l'océan. Daryl regardait tour à tour la montre et l'écran de l'ordinateur, se livrant à un dernier calcul complexe. Puis il posa la main sur un levier situé sous son siège. Il hésita un instant à le manœuvrer, y renonça momentanément et se pencha pour opérer une ultime vérification.

A côté du siège éjectable il y avait une petite boîte portant l'inscription « Activation automatique du système de repérage ». Daryl ôta le couvercle et en retira deux pièces qu'il jeta de côté.

Il consulta la montre, compta les secondes et appuya sur le levier.

Dans un éclair, le siège éjectable jaillit du cockpit, emportant Daryl dans les airs. Et l'avion poursuivit son vol.

Dans la salle des opérations, les deux généraux avaient les yeux braqués sur la pendule électronique. Le compte à rebours était terminé. Sans hésiter, le général de l'armée de l'air appuya sur le bouton avec une précision toute militaire.

Le jet explosa, envoyant des ondes de choc se propager dans l'espace. Daryl, dans son siège éjectable, était déjà à des kilomètres de là. Mais sous l'impact, malgré la distance, le siège fut violemment secoué et il se mit à tourbillonner. Daryl s'y raccrocha désespérément, luttant pour sauver

121

sa vie contre les forces qui s'exerçaient sur lui.

Dans la salle des opérations, tout le monde avait assisté à l'explosion. Toute trace de l'avion disparut de l'écran. Le bruit cessa d'un seul coup, plongeant la salle dans un silence de mort.

Complètement inconscient, Daryl était assis dans son siège, porté par un immense parachute noir qui descendait doucement dans les premiers rayons du soleil.

CHAPITRE XIX

Les ordinateurs, récepteurs de satellites et écrans de radar se remirent en route, mettant fin à l'étrange silence qui avait suivi l'explosion.

« Cible détruite à 06:08, mon général », annonça un technicien.

Satisfait, le général se tourna vers Graycliffe.

« Eh bien, voilà qui met fin à tous vos problèmes.

— Il a pu s'éjecter, fit remarquer Graycliffe.

— Si c'était le cas, nous l'aurions su immédiatement, répliqua le général avec un petit sourire condescendant. Le mécanisme d'éjection nous transmet un signal dès qu'il se met en action.

— Je vois, fit Graycliffe. Eh bien, merci, messieurs. Et désolé...

— Pour votre prototype ?

— Non, pour votre avion », rectifia Graycliffe.

Les deux hommes échangèrent un regard plein d'amertume.

Pendant que Daryl poursuivait sa chute, Turtle et Sherie Lee se faufilaient hors de chez eux, sautaient sur leurs vélos et pédalaient à la rencontre de leur ami.

En arrivant près du lac Bleu, ils aperçurent dans le ciel un immense parachute noir. Daryl, attaché à son siège, était toujours inconscient. Un filet de sang coulait de sa bouche. Le parachute continuait sa course, se dirigeant droit sur l'eau ! Le siège alla heurter la surface du lac dans une gerbe d'écume, et il s'enfonça comme une grosse pierre. Le parachute s'étala sur l'eau comme une grande tache noire, puis, lentement, disparut à son tour, entraîné par le poids du siège et de l'enfant. C'est à peine s'il laissa, en s'engloutissant, une vague ride sur les eaux.

Daryl se mit à se débattre, essayant de respirer et cherchant d'une main fébrile à détacher sa ceinture. Il luttait de toutes ses forces, les yeux grands ouverts maintenant, mais en vain : ses mains mouillées glissaient sur la ceinture rebelle.

Il se débattait toujours quand Turtle et Sherie Lee arrivèrent au bord du lac. Ils regardèrent autour d'eux : personne.

« Où est-il ? demanda Sherie Lee, un peu effrayée.

— Je ne sais pas, répondit Turtle. Il a dit au lac Bleu... »

Sous l'eau, Daryl agitait toujours ses mains de façon désordonnée. Puis ses yeux se refermèrent : Daryl était mort. Et tandis que sa vie s'échappait, la ceinture s'ouvrit brusquement. Trop tard... Le corps remonta à la surface au milieu d'autres débris.

Sherie Lee, qui surveillait attentivement le lac, s'écria tout à coup :

« Regarde ! »

Un corps flottait sur le ventre, à quelques mètres du rivage.

« Oh ! non... non ! » cria Sherie Lee en essayant d'avancer dans l'eau.

Turtle enleva sa veste et ses chaussures, plongea,

et se mit à nager droit sur cette forme qui flottait à la dérive. Il saisit Daryl par le col de sa chemise et entreprit avec une lenteur désespérante de le tirer vers le rivage. Il hurla à Sherie Lee :

« Arrête une voiture ! Vite ! »

Sherie Lee courut jusqu'à la route. Deux voitures et un camion passèrent sans s'arrêter devant cette petite fille ruisselante d'eau qui agitait frénétiquement les bras. Sans penser au danger, Sherie Lee se planta au milieu de la route, obligeant la voiture suivante à stopper. Le conducteur alla se ranger sur le bas-côté, et les aida à transporter Daryl, inanimé, dans sa voiture. Puis ils filèrent tous ensemble vers l'hôpital de Barkenton. Hélas ! il était trop tard...

On installa Daryl sur une civière et on l'emmena au pas de course dans la salle des urgences. Les minutes passèrent, longues comme des heures. Turtle et Sherie Lee, claquant des dents, enroulés dans des couvertures, attendaient.

« Désolé... », leur dit le médecin quand il réapparut, au moment même où Joyce, Andy, Elaine et Howie faisaient irruption sur les lieux.

Joyce s'écroula en sanglots sur l'épaule d'Andy. Celui-ci l'entraîna doucement au-dehors tandis que les quatre autres se serraient les uns contre les autres, comme s'ils pouvaient éviter par là de se laisser aller au désespoir.

Finalement, ils allèrent tous en silence s'entasser dans la voiture d'Howie. Elaine essaya de réconforter Turtle, tandis qu'à l'arrière Sherie Lee, Joyce et Andy restaient figés, les yeux perdus dans le vide.

Comme la voiture s'éloignait, Joyce se retourna pour jeter un dernier regard à cet endroit où son fils avait trouvé son dernier repos. Un hôpital...

Ils n'avaient pas remarqué qu'une femme était assise dans une voiture, garée dans le parking de l'hôpital. Dès qu'ils s'éloignèrent, celle-ci s'empara d'une trousse de médecin et pénétra dans le bâtiment. Tout était tranquille. On n'entendait que ses talons qui claquaient sur le sol. Elle franchit le couloir sans encombre et, silencieusement, se glissa dans la chambre de Daryl.

Aucun d'entre eux ne se sentait capable de trouver les mots qui auraient pu réconforter les autres.

« Bon Dieu, Joyce, j'aimerais bien avoir quelques explications ! » s'exclama soudain Andy, brisant le douloureux silence qui s'était installé.

Joyce le regarda. A quoi bon des explications, avait-elle l'air de lui dire. Ce n'est pas cela qui leur rendrait leur fils. C'est un miracle qu'il faudrait...

Turtle émit un sanglot.

« Tu peux pleurer, Turtle, lui dit sa sœur avec un geste de sympathie affectueuse. Il n'y a pas de honte à ça puisque tu l'aimais... »

Mais Turtle se refusait à désespérer. Il réfléchissait. Et, tout à coup, il bondit de sa chaise et s'écria :

« Il n'est pas mort ! C'est impossible !

— J'ai la même impression que toi, Turtle, dit Sherie Lee, mais nous n'y pouvons rien.

— C'est impossible ! répéta Turtle. C'est un robot ! Les robots ne meurent pas.

— Qu'est-ce que tu veux dire ?

— C'est l'oxygène qui alimente notre cerveau. Mais le cerveau de Daryl est un micro-ordinateur. Un micro-ordinateur ne meurt pas ! La mort, c'est tout simplement l'arrêt du cerveau ! »

Ils le regardèrent tous avec de grands yeux, prenant lentement conscience de la signification de ses propos.

126

Sachant très exactement ce qu'elle avait à faire, la femme écarta le drap qui recouvrait le corps de Daryl.

« Je sais que tu m'entends, Daryl, dit Ellen Lamb en sortant un petit appareil électrique de sa trousse. Tu vas voir, tout ira bien », lui assura-t-elle.

Daryl se trouvait avec Ellen Lamb devant l'hôpital, prêt à rentrer dans sa famille. Il lui prit la main pour lui exprimer sa reconnaissance.

Ellen aurait voulu lui dire quelque chose, lui souhaiter bonne chance, mais elle ne trouvait pas les mots qui convenaient. Elle se contenta de lui serrer brièvement la main.

Daryl sentit cependant qu'un courant passait entre eux.

Puis il se mit à courir, aussi vite que ses jambes pouvaient le porter, vers sa famille et ses amis, passant avec un grand sourire devant tous les endroits qui lui étaient familiers.

Turtle et Sherie Lee venaient juste de sortir de chez les Richardson. Épuisés par les émotions, ils descendaient lentement la rue quand Turtle, gêné par le soleil, aperçut quelqu'un qui courait vers eux. Comme Daryl se rapprochait, Turtle, tout à coup, le reconnut. Il s'élança à sa rencontre en hurlant, n'en croyant pas encore ses yeux.

Attirés par leurs cris, Joyce et Andy sortirent de la maison pour voir ce qu'il se passait : Turtle et Daryl s'étreignaient comme des fous.

Pleurant et riant à la fois, Andy et Joyce se joignirent à eux. Leur petit garçon était de retour à la maison. Enfin.

Composition réalisée par C.M.L., Montrouge

IMPRIMÉ EN FRANCE PAR BRODARD ET TAUPIN
58, rue Jean Bleuzen - Vanves - Usine de La Flèche.
LIBRAIRIE GÉNÉRALE FRANÇAISE - 14, rue de l'Ancienne-Comédie - Paris.

ISBN : 2 - 253 - 03846 - 6　　　　　　　◈ 30/6165/2